O Leitor

Obras do autor publicadas pela Editora Record

Amor em fuga
O leitor
A menina com a lagartixa
O outro

BERNHARD SCHLINK

O Leitor

Tradução de
Pedro Süssekind

16ª edição

EDITORA RECORD
RIO DE JANEIRO • SÃO PAULO
2023

CIP-BRASIL. CATALOGAÇÃO NA PUBLICAÇÃO
SINDICATO NACIONAL DOS EDITORES DE LIVROS, RJ

S37L   Schlink, Bernhard
16. ed.   O leitor / Bernhard Schlink ; tradução Pedro Süssekind. - 16. ed. - Rio de Janeiro : Record, 2023.

Tradução de: Der vorleser
ISBN 978-65-5587-690-1

1. Ficção alemã. I. Süssekind, Pedro. II. Título.

23-82177   CDD: 833
CDU: 82-3(430)

Meri Gleice Rodrigues de Souza - Bibliotecária - CRB-7/6439

Título original em alemão:
Der Vorleser

Copyright © 1995 by Diogenes Verlag AG, Zürich

Texto revisado segundo o Acordo Ortográfico da Língua Portuguesa de 1990.

Todos os direitos reservados. Proibida a reprodução, no todo ou em parte, através de quaisquer meios. Os direitos morais do autor foram assegurados.

Direitos exclusivos de publicação em língua portuguesa somente para o Brasil adquiridos pela
EDITORA RECORD LTDA.
Rua Argentina, 171 – Rio de Janeiro, RJ – 20921-380 – Tel.: (21) 2585-2000, que se reserva a propriedade literária desta tradução.

Impresso no Brasil

ISBN 978-65-5587-690-1

Seja um leitor preferencial Record.
Cadastre-se no site www.record.com.br
e receba informações sobre nossos
lançamentos e nossas promoções.

Atendimento e venda direta ao leitor:
sac@record.com.br

PRIMEIRA PARTE

1

Aos 15 anos eu tive hepatite. A doença começou no outono e terminou na primavera. Quanto mais frio e escuro o velho ano se tornava, mais fraco eu ficava. Só com o novo ano houve uma melhora. Janeiro foi quente, e minha mãe instalou minha cama na varanda. Eu via o céu, o sol, as nuvens e ouvia as crianças brincando no pátio. Numa tarde de fevereiro ouvi um melro cantando.

Em meu primeiro passeio andei da Blumenstrasse, na qual morávamos no segundo andar de um prédio imponente construído na virada do século, até a Bahnhofstrasse. Foi ali que eu tinha vomitado, numa segunda-feira de outubro, no caminho da escola para casa. Já havia alguns dias que eu estava fraco, mais fraco do que nunca em minha vida. Cada passo me exigia um grande esforço. Quando subia escadas em casa ou na escola, minhas pernas quase não me aguentavam. Também não queria comer. Mesmo quando me sentava à mesa com fome, logo sentia náuseas. De manhã acordava com a boca seca e com a sensação de que os meus órgãos estavam pesados e fora de lugar. Envergonhava-me estar tão fraco. Envergonhei-me especialmente quando vomitei. Isso também nunca me tinha acontecido na vida. Minha boca se encheu, eu tentei segurar, apertando os lábios, a mão diante da boca, mas saiu tudo por entre os dedos. Então me apoiei no muro de uma casa, olhando o que tinha vomitado a meus pés, e cuspi um líquido claro e pegajoso.

A mulher que cuidou de mim o fez de um jeito quase bruto. Ela pegou meu braço e me levou pela porta escura da casa até o pátio. Em cima havia varais esticados de janela a janela e roupas penduradas. No pátio armazenava-se madeira; numa oficina aberta a serra rangia e as farpas voavam. Ao lado da porta para o pátio havia uma torneira. A mulher abriu a torneira, lavou primeiro minha mão e então jogou no meu rosto a água que tinha mantido nas mãos em concha. Enxuguei o rosto com o lenço.

— Pegue o outro! — Ao lado da torneira estavam dois baldes, ela apanhou um deles e o encheu. Eu apanhei e enchi o outro e a segui pela porta. Ela levantou o braço, a água jorrou na calçada levando o vômito para o ralo. Tirou o balde da minha mão e lançou mais água sobre a calçada.

Ela se endireitou e viu que eu estava chorando.

— Menino — disse admirada —, menino.

Ela envolveu-me nos braços. Eu era pouco mais alto do que ela, senti seus seios no meu peito, cheirei na estreiteza do abraço meu hálito ruim e seu suor fresco e não sabia o que devia fazer com os braços. Parei de chorar.

Perguntou-me onde eu morava, pôs os baldes na entrada e me levou para casa. Andou ao meu lado, uma das mãos segurando a minha pasta e a outra sobre o meu braço. A distância não é grande da Bahnhofstrasse até a Blumenstrasse. Ela andava depressa e com uma decisão que me tornava fácil manter o passo. Em frente de nossa casa despediu-se.

No mesmo dia minha mãe trouxe o médico, que diagnosticou a hepatite. Em algum momento contei à minha mãe sobre a mulher. Não acredito que a tivesse visitado se não fosse isso. Mas para minha mãe era evidente que eu, logo que pudesse, fosse comprar com meu dinheiro um buquê de flores, apresentar-me e agradecer. Desse modo, fui no fim de fevereiro à Bahnhofstrasse.

2

O prédio na Bahnhofstrasse não existe mais. Não sei quando nem por que foi demolido. Por muitos anos não estive na minha cidade natal. O prédio novo, construído nos anos setenta ou oitenta, tem cinco andares e uma cobertura ampla, sem sacadas nem varandas, com um reboco liso e claro. Muitas campainhas mostram muitos pequenos apartamentos. Apartamentos para os quais as pessoas se mudam e dos quais se mudam, como se apanha e larga um carro alugado. No térreo existe agora uma loja de informática; antes houve ali uma farmácia, um mercado e uma locadora de vídeos.

O prédio antigo tinha a mesma altura e quatro andares, um piso de blocos de arenito afiados como diamantes no térreo e três andares superiores de paredes atijoladas com arcadas de arenito, varandas e janelas gradeadas. Os degraus que davam para o térreo e a escadaria, mais largos embaixo, mais estreitos em cima, engastados dos dois lados por paredes que tinham corrimãos de ferro, terminavam embaixo em espiral. A porta era ladeada por colunas, e do canto da arquitrave um leão dirigia o olhar Bahnhofstrasse acima, e o outro, rua abaixo. A entrada pela qual a mulher tinha me levado ao pátio, até a torneira, era uma entrada lateral.

Desde menino já reparava nesse prédio. Ele dominava a fileira de edifícios. Eu costumava pensar que, se ele fosse ainda mais pesado e largo, os prédios adjacentes teriam de se afastar para o lado e dar mais espaço. No interior eu imaginava uma escadaria com ornamentos, espelhos e uma passadeira de decoração oriental, presa nos degraus por barras de latão polidas. Eu esperava que num prédio imponente também morassem pessoas imponentes. Mas como ele se tornara escuro com os anos e com a fumaça dos trens, também imaginava os moradores imponentes de modo sombrio, como estranhos, talvez surdos ou mudos, corcundas ou aleijados.

Voltei a sonhar, anos depois, com o prédio. Os sonhos eram semelhantes, variações de um mesmo sonho e tema. Vou por uma cidade estrangeira e vejo o prédio. Num bairro que não conheço, ele fica numa fileira de edifícios. Sigo em frente, perturbado, porque conheço o prédio mas não o bairro. Então me ocorre que já vi o prédio antes. Com isso, não penso na Bahnhofstrasse de minha cidade natal, mas sim em uma outra cidade ou um outro país. No sonho me encontro, por exemplo, em Roma, vejo lá o prédio e me lembro que já o vi em Berna. Com esta lembrança sonhada me acalmo; rever o prédio em outra vizinhança não me parece mais esquisito do que o reencontro acidental com um velho amigo em terra estranha. Faço a volta, volto para a casa e subo os degraus. Quero entrar. Toco a campainha.

Quando o vejo no campo, o sonho dura mais, ou depois me lembro melhor de seus detalhes. Dirijo um carro. Vejo à direita o prédio e continuo dirigindo, primeiro estranhando apenas que um imóvel claramente urbano se encontre em campo aberto. Então me ocorre que já o vi antes, e fico duplamente perturbado. Quando me lembro de onde já o encontrei, retorno e dirijo de volta. A rua sempre está vazia no sonho, posso fazer a curva cantando pneus e voltar em alta velocidade. Tenho medo de chegar tarde demais, e vou mais depressa. Então o vejo. É cercado por campos; repolho, trigo ou vinhas no Palatinado, alfazema na Provence. A região é plana, apenas levemente acidentada. Não há árvores. O dia está completamente claro, o sol brilha, o ar vibra, e a rua cintila de calor. As paredes mestras fazem a casa parecer dividida, insuficiente. Poderiam ser as paredes mestras de qualquer casa. O prédio não é mais sombrio do que na Bahnhofstrasse. Mas as janelas estão totalmente empoeiradas e não deixam que se reconheça nada nos aposentos, nem mesmo cortinas. O prédio é cego.

Paro na beira da rua e caminho até a entrada. Não se vê ninguém, não se ouve nada, nem mesmo um motor distante, um vento, um pássaro. O mundo está morto. Subo os degraus e toco a campainha.

Mas não abro a porta. Acordo e sei apenas que encostei a mão na campainha e a toquei. Então me vem à lembrança o sonho todo e também o fato de eu já tê-lo sonhado.

3

Eu não sabia o nome da mulher. Com o buquê de flores na mão, fiquei diante da porta e da campainha, indeciso. Teria preferido voltar. Mas então saiu do prédio um homem, perguntou quem eu estava procurando e me encaminhou para a Sra. Schmitz, no terceiro andar.

Nenhum ornamento, nenhum espelho, nenhuma passadeira. A beleza modesta da escadaria, incomparável com a pompa da fachada, já havia desaparecido há muito tempo. A pintura vermelha dos degraus estava gasta no meio, o linóleo verde estampado, colado na parede ao lado da escada na altura dos ombros, puído, e onde as traves faltavam no corrimão havia cordões esticados. Cheirava a material de limpeza. Talvez isso tudo só tenha me ocorrido depois. Era sempre igualmente sórdido e limpo e exalava sempre o mesmo cheiro de material de limpeza, às vezes misturado com o cheiro de repolho ou feijão, de comida assada ou de roupa fervida. Dos outros moradores do prédio nunca tomei conhecimento de nada além desses cheiros, os capachos diante das portas e as placas com seus nomes embaixo dos botões das campainhas. Não me lembro de nunca ter encontrado um outro morador na escadaria.

Também não me lembro mais de como cumprimentei a Sra. Schmitz. Imagino que tenha preparado duas ou três frases sobre minha doença, sua ajuda e meu agradecimento, e que as disse. Ela me levou para a cozinha.

A cozinha era o lugar mais espaçoso do apartamento. Nela havia fogão e tanque, banheira e aquecedor, uma mesa e duas cadeiras, uma despensa, um armário de roupas e um divã. Sobre o divã estava esticada uma coberta de veludo. A cozinha não tinha nenhuma janela. A luz vinha pelos vidros da porta que dava para a varanda. Não havia muita luz — a cozinha só ficava clara quando a porta estava aberta. Então se ouvia o ranger da serra da marcenaria no pátio e sentia-se o cheiro da madeira.

O apartamento tinha ainda uma sala de estar pequena e estreita com um armário, mesa, quatro cadeiras, poltrona e um forno. Esta sala não era quase nunca aquecida no inverno, e mesmo no verão era pouco utilizada. A janela dava para a Bahnhofstrasse e a vista para o terreno que antigamente era da estação, que estava sendo escavado e revolvido, e no qual tinham sido assentados aqui e ali as fundações do novo prédio municipal e do novo fórum. Por fim, havia ainda um quartinho sem janelas onde se encontrava a privada. Quando cheirava mal no quartinho, cheirava do mesmo jeito no corredor.

Também não me lembro mais do que conversamos na cozinha. A Sra. Schmitz passava a ferro; ela tinha esticado sobre a mesa uma coberta de lã e uma toalha de linho e pegava do cesto uma peça de roupa após outra, passava, dobrava e a deixava em cima de uma das duas cadeiras. Eu estava sentado na outra. Ela passou também suas roupas de baixo, e eu não queria mas não conseguia desviar o olhar. Ela estava usando um avental em forma de blusa, sem mangas, azul, com pequenas flores de um vermelho pálido. Tinha prendido na nuca, com uma fivela, o cabelo louro-acinzentado, que lhe caía aos ombros. Os movimentos de sua mão, com os quais ela pegava o ferro de passar, o usava e largava, juntando então as peças de roupas e colocando-as de lado, eram lentos e concentrados, e do mesmo modo lento e concentrado ela mesma se movia, inclinava-se e endireitava-se. Sobre o seu rosto de então sobrepuseram-se em minha memória seus rostos de tempos posteriores. Quando a evoco diante de meus olhos, como era na época, ela surge sem rosto. Preciso reconstituí-lo. Testa alta, maçãs do rosto altas, olhos palidamente azuis, lábios cheios, arrojados simetricamente, sem sinuosidade, queixo forte. Um rosto feminino áspero e largo. Sei que o achava belo. Mas não vejo sua beleza diante de mim.

4

— Espere um pouco — disse ela, quando me levantei e quis ir embora —, também tenho que sair e podemos ir juntos um pouco.

Esperei no corredor. Ela se trocou na cozinha. A porta ficou entreaberta. Ela tirou o avental, ficando de combinação verde-clara. Sobre o braço da cadeira estavam penduradas duas meias. Apanhou uma e a enrolou segurando com as mãos. Equilibrou-se em uma perna só, apoiou sobre o joelho desta o calcanhar da outra, dobrou-se para a frente, levou a meia enrolada para a ponta do pé, pôs a ponta do pé na cadeira, esticou a meia sobre a batata da perna, joelho e coxa, inclinou-se para o lado e prendeu a meia na liga. Endireitou-se, tirou o pé da cadeira e apanhou a outra meia.

Eu não podia tirar os olhos dela. De sua nuca e de seus ombros; de seus seios, que mal se escondiam sob a combinação; de suas nádegas, nas quais a combinação ficou esticada enquanto ela apoiava o pé no joelho, sentada na cadeira; de sua perna, primeiro nua e pálida e depois envolvida pela meia, seda cintilando.

Ela sentiu meu olhar. Deteve-se no gesto de apanhar a outra meia, voltou-se para a porta e olhou-me nos olhos. Não sei que olhar era aquele — admirado, interrogativo, consciente ou desaprovador. Fiquei vermelho. Por um breve momento permaneci de pé com o rosto ardendo. Então não aguentei mais, precipitei-me pelo corredor, desci a escada correndo e saí do prédio.

Andei lentamente. Bahnhofstrasse, Häusserstrasse, Blumenstrasse — há anos era meu caminho da escola. Eu conhecia cada prédio, cada jardim e cada cerca, aquela que todo ano era pintada de novo, aquela cuja madeira tornara-se tão cinza e podre que eu podia fazê-la em pedaços com as mãos, as cercas de ferro por cujas grades eu passava batendo com um pau para fazer barulho, e os altos muros de tijolos, atrás dos quais eu tinha fantasiado coisas maravilhosas e assustadoras, até que fosse capaz de escalá-los e visse as fileiras monótonas de canteiros de flores descuidados, frutas e verduras. Eu conhecia o calçamento e o revestimento de breu na rua e a mudança entre pavimento liso, calçado com basalto ondulado, breu e cascalho na calçada.

Tudo era familiar. Quando meu coração já não batia mais tão depressa e meu rosto não ardia, o episódio entre a cozinha e o corredor ficava distante. Irritei-me. Fugi como uma criança, em vez de reagir de modo soberano, como esperava de mim mesmo. Eu não era mais um menino, tinha

15 anos. Além do mais, ficou sendo um enigma para mim qual deveria ter sido a reação soberana.

O outro enigma era o próprio episódio ocorrido entre o corredor e a cozinha. Por que não pude tirar os olhos dela? Ela tinha um corpo muito forte e muito feminino, mais exuberante do que o das moças que me agradavam e que eu observava. Eu estava certo de que ela não chamaria minha atenção se a tivesse visto na piscina. Ela também não tinha se mostrado mais nua do que as moças e mulheres que eu já havia visto na piscina. Além disso, era bem mais velha do que as mulheres com quem eu sonhava. Mais de trinta? É difícil avaliar uma idade quando ainda estamos distantes dela.

Anos depois acabei concluindo que não foi simplesmente por causa de sua figura, mas sim por suas atitudes e movimentos, que eu não tinha podido tirar os olhos dela. Pedia a minhas namoradas que vestissem cinta-liga, mas não queria explicar meu pedido, não queria lhes contar o episódio entre a cozinha e o corredor. Assim, meu pedido era encarado como uma extravagância erótica, e quando acontecia era como uma brincadeira. Não era disso que eu não conseguia tirar os olhos. Ela não tinha posado nem brincado. Não me lembro de ela jamais ter feito isso. Lembro-me de que seu corpo, suas atitudes e movimentos às vezes pareciam pesados. Não que ela fosse tão pesada. Parecia muito mais voltada para o interior de seu corpo, abandonando-o a si mesmo e a um ritmo calmo, não perturbado por nenhuma deliberação mental, esquecendo o mundo exterior. O mesmo esquecimento do mundo encontrava-se nas atitudes e movimentos com os quais vestia as meias. Mas neste caso ela não tinha peso, sendo fluida, graciosa, sedutora — sedução que não se traduz em seios e nádegas e pernas, mas sim no convite para esquecer o mundo no interior do corpo.

Eu não sabia disso na época — se é que sei agora e não apenas fico me explicando. Mas enquanto eu refletia naquela época sobre o que tanto me excitara, a excitação retornava. Para solucionar o enigma, eu buscava na memória o episódio, e a distância que eu tinha criado para mim ao torná-lo um enigma desaparecia. Via tudo de novo na minha frente e novamente não podia tirar os olhos dela.

5

Uma semana depois eu estava de novo em frente à porta da casa dela.

Durante esses sete dias tinha tentado não pensar nela. Mas não existia nada que me satisfizesse ou distraísse; o médico ainda não permitia que eu fosse à escola, dos livros estava enfastiado após meses de leitura e os amigos passavam de vez em quando, mas eu estava doente havia tanto tempo que suas visitas não podiam mais construir a ponte entre o cotidiano deles e o meu, tornando-se sempre mais breves. Eu deveria andar todo dia um pouco mais, sem me esforçar. O esforço teria sua utilidade.

Que tempos mágicos são os de doença, na infância e na juventude! O mundo exterior, o mundo do tempo livre, no pátio, no jardim ou na rua, apenas oprime com ruídos abafados o quarto de doente. Dentro pulula o mundo das histórias e figuras sobre as quais o doente lê. A febre, que enfraquece a percepção e afia a fantasia, faz do quarto um espaço novo, ao mesmo tempo familiar e estranho; monstros exibem suas caretas nos desenhos da cortina e do tapete, e cadeiras, mesas, estantes e armários elevam-se em montanhas, prédios ou navios, ao mesmo tempo ao alcance e numa grande distância. Nas longas horas noturnas o doente tem como companhia as batidas do relógio na torre da igreja, o zumbido de carros passando ocasionalmente e o reflexo de seus faróis tocando as paredes e cobertas. São horas sem dormir, mas não horas de insônia, não horas de uma falta, mas horas de preenchimento. Nostalgias, lembranças, medos, prazeres constroem labirintos nos quais o doente se perde e se acha e se perde. São horas em que tudo se torna possível, bom ou ruim.

Isso passa quando o doente melhora. Mas se a doença durou o bastante, então o quarto continua impregnado, e o convalescente, que não tem mais febre, ainda está perdido no labirinto.

Eu acordava toda manhã com a consciência pesada, às vezes com a calça do pijama úmida e manchada. As imagens e cenas com as quais eu sonhava não eram boas. Eu sabia que minha mãe, o pastor que me tinha ensinado o catecismo e a quem eu louvava, e minha irmã mais velha, a quem eu tinha confiado os segredos de minha infância, não me dariam broncas. Mas iriam advertir-me de uma maneira carinhosa e cuidadosa, o que era pior do que uma bronca. O que não estava de todo modo certo era que, se eu não sonhava passivamente as imagens e cenas, eu as fantasiava ativamente.

Não sei de onde tirei a coragem para ir visitar a Sra. Schmitz. Será que minha educação moral se voltava de algum modo contra ela mesma? Se o olhar cobiçoso era tão ruim quanto a libertação da cobiça, o fantasiar ativo tão ruim quanto o ato fantasiado — por que não a libertação e o ato? Experimentei dia a dia que não me era possível abandonar o pensamento pecaminoso. Então queria também a ação pecaminosa.

Havia ainda algo a considerar. Ir até lá podia ser perigoso. Mas na verdade era impossível que o perigo se realizasse. A Sra. Schmitz iria cumprimentar-me admirada, escutar uma desculpa por meu comportamento estranho e despedir-se amigavelmente. Era mais perigoso não ir; corria o risco de não escapar de minha fantasia. Portanto fazia o certo, indo até lá. Ela se comportaria normalmente e tudo ficaria normal de novo.

Foi assim que raciocinei então, fazendo da minha cobiça a sentinela de um estranho cálculo moral, silenciando minha má consciência. Mas isso não me deu a coragem para ir visitar a Sra. Schmitz. Um motivo era explicar a mim mesmo por que minha mãe, o honrado pastor e minha irmã mais velha, se todos eles refletissem profundamente, não me poderiam impedir, mas teriam de me aconselhar a ir. O fato de ir visitá-la era algo completamente diferente. Não sei por que o fiz. Mas reconheço hoje nos acontecimentos daquela época o modelo segundo o qual, ao longo de minha vida, ações e comportamentos concordaram ou não concordaram entre si. Penso, chego a um resultado, mantenho o resultado preso a uma decisão e faço a experiência de que a ação é uma coisa por si mesma, que pode mas não tem de seguir a decisão. Com bastante frequência no decorrer da minha vida fiz o que não tinha decidido e deixei de fazer o que tinha decidido. Algo, que nunca saberei, age; "algo" dirige-se à mulher que não quero mais ver, "algo" faz diante dos superiores a observação que me desgraça, "algo" volta a fumar, embora eu tivesse decidido abandonar o cigarro, e desiste de fumar depois que percebo que sou e permanecerei sendo um fumante. Não quero dizer que pensar e decidir não tenham nenhuma influência sobre a ação. Mas a ação não perfaz simplesmente o que foi pensado e decidido de antemão. Ela tem sua própria fonte e é da mesma maneira independente, como meu pensamento é meu pensamento, como minha decisão é minha decisão.

6

Ela não estava em casa. A porta de entrada do prédio estava encostada, eu subi as escadas, toquei e esperei. Toquei mais uma vez. No apartamento as portas estavam abertas; olhei pelo vidro da porta de entrada e reconheci no corredor o espelho, o guarda-roupa e o relógio. Podia ouvir seu tique-taque.

Sentei-me nos degraus e esperei. Não estava aliviado, como pode acontecer a alguém quando se tem um sentimento sem firmeza a respeito de uma decisão e se tem medo frente às consequências, ficando-se alegre por ter levado adiante a decisão e ter sido poupado das consequências. Também não estava decepcionado. Estava decidido a vê-la e a esperar até que ela chegasse.

O relógio no corredor bateu um quarto, a meia hora e a hora. Tentei acompanhar o leve tique-taque contando os novecentos segundos de uma batida até a próxima, mas me deixei distrair todas as vezes. No pátio rangia a serra do marceneiro, no prédio saíam de um apartamento vozes ou música, uma porta se abria. Então ouvi como os passos uniformes, lentos e pesados de alguém vinham escada acima. Tive esperança de que fosse um morador do segundo andar. Se me visse, como deveria explicar o que fazia ali? Mas os passos não pararam no segundo andar. Continuaram subindo. Eu me levantei.

Era a Sra. Schmitz. Numa das mãos ela trazia um cesto de palha com pedaços de carvão e um recipiente com briquete. Ela usava um uniforme, jaqueta e saia, e percebi que era cobradora de bonde. Ela não me notou até que tivesse alcançado o patamar da escada. Não me olhou aborrecida, nem admirada, nem irônica — nada daquilo que eu tinha temido. Parecia cansada. Quando largou o carvão e procurava a chave no bolso da jaqueta, moedas caíram no chão tilintando. Apanhei-as e devolvi a ela.

— Lá no porão ainda tem dois cestos. Você pode encher os dois e trazer para cá? A porta está aberta.

Corri escada abaixo. A porta para o andar do porão estava aberta, a luz acesa, e no pé da longa escada do porão achei um tapume no qual a porta ficava apenas encostada e o cadeado pendurado no ferrolho. O lugar era grande e o coque de carvão amontoava-se até uma abertura sob o teto, pela qual tinha sido despejado da rua para o porão. Ao lado da porta estavam, de um lado, os briquetes cortados ordenadamente, e do outro lado ficavam os cestos de palha com coques de carvão.

Não sei o que fiz de errado. Em casa eu também pegava carvão do porão e nunca tivera problemas com isso. Entretanto o carvão não ficava armazenado tão alto. Até completar o primeiro cesto de palha correu tudo bem. Quando tinha ajeitado o segundo cesto para carregar e queria apanhar o coque de carvão no chão, o monte pôs-se em movimento. De cima caíam pequenos blocos de todos os tamanhos, bem mais embaixo era um desabamento, tudo rolando e desmoronando. O pó preto subiu numa nuvem. Permaneci em pé, assustado, os pedaços caindo sobre mim e eu afundando quase até os tornozelos em coque de carvão.

Quando o monte se aquietou, saí do carvão, enchi o segundo cesto, procurei e achei uma vassoura, varri para o tapume os pedaços que tinham rolado para o corredor do porão, fechei a porta e levei os dois cestos para cima.

Ela havia tirado a jaqueta, afrouxara a gravata, abrira o primeiro botão e estava sentada à mesa da cozinha com um copo de leite. Ela me viu, riu primeiro de modo contido, divertida, e então começou a gargalhar. Apontava com o dedo para mim e batia com a outra mão na mesa.

— Olhe só para você, menino, olhe só! — Então vi no espelho sobre o tanque meu rosto preto e ri junto. — Você não pode ir para casa assim. Vou preparar um banho para você e sacudir as suas roupas. — Foi até a banheira e abriu a torneira. A água corria com um ruído abafado enchendo a banheira. — Tire suas roupas com cuidado, não quero pó preto pela cozinha.

Hesitei, tirei o pulôver e a camisa e hesitei de novo. A água subia depressa e a banheira estava quase cheia.

— Você quer tomar banho de sapato e calça? Menino, eu não olho. — Mas quando eu tinha fechado a torneira e tirado também a roupa de baixo, ela examinou-me em silêncio. Fiquei vermelho, entrei na banheira e afundei. Quando emergi, ela estava com minhas roupas na varanda. Ouvi como batia os sapatos um no outro e sacudia as calças e o pulôver. Ela falou alguma coisa para baixo sobre pó de carvão e lascas de serra, gritaram lá de baixo e ela riu. De volta à cozinha, pôs minhas roupas na cadeira. Lançou-me apenas um olhar rápido. — Pegue o xampu e lave também o cabelo. Já trago a toalha. — Apanhou algo do armário de roupas e saiu da cozinha.

Lavei-me. A água na banheira estava suja, e abri a torneira para a água limpa correr, e lavar a cabeça e o rosto. Depois continuei ali, ouvi o aquecedor estalar, senti o ar fresco no rosto, vindo da porta da cozinha entreaberta, e no corpo a água morna. Estava relaxado. Foi um relaxamento excitante, e o meu sexo ficou duro.

Não vi quando ela entrou na cozinha, só quando ela estava em frente à banheira. Com os braços abertos ela segurava uma toalha grande.

— Vem!

Voltei as costas para ela quando me endireitei, levantando-me da banheira. Ela me envolveu por trás na toalha, da cabeça aos pés, e enxugou-me. Então deixou a toalha cair no chão. Não ousei me mexer. Ela se aproximou tanto de mim que eu sentia seus peitos nas minhas costas e a barriga nas minhas nádegas. Também estava nua. Pôs os braços em torno de mim, uma das mãos no meu peito e a outra no meu sexo duro.

— É por isso que você está aqui!

— Eu... — Eu não sabia o que dizer. Nem que sim, nem que não. Virei-me. Não vi muito dela. Nós estávamos muito colados. Mas eu estava dominado pela presença de seu corpo nu. — Como você é bonita!

— Ah, menino, o que você está falando. — Ela riu e enroscou os braços em torno do meu pescoço. Eu também a tomei em meus braços.

Eu tinha medo: do contato, do beijo, de que eu não lhe agradasse e não a satisfizesse. Mas quando nos seguramos por um momento, quando cheirei seu cheiro e senti seu calor e sua força, tudo ficou evidente. A busca de seu corpo com mãos e boca, o encontro das bocas e por fim ela sobre mim, olhos nos olhos, até que veio o gozo e eu fechei os olhos com força e tentei me controlar e então gritei tão alto que ela abafou o grito cobrindo minha boca.

7

Na noite seguinte me apaixonei por ela. Não dormi direito, senti sua falta, sonhei com ela, pensava senti-la até reparar que estava segurando o travesseiro ou o cobertor. A boca doía de beijar. Meu sexo se excitava toda hora, mas eu não queria me masturbar. Não queria nunca mais me masturbar. Queria estar com ela.

Será que me apaixonei como prêmio por ela ter dormido comigo? Até hoje me vem, após uma noite com uma mulher, o sentimento de que fui mimado e preciso recompensar... em relação a ela, à medida que procuro sempre amá-la, e também em relação ao mundo que devo encarar.

Uma de minhas poucas lembranças vívidas é de uma manhã de inverno, quando eu tinha 4 anos. O quarto onde então eu dormia não era aquecido, estando frequentemente muito frio de madrugada e de manhã. Lembro-me da cozinha morna e do fogão quente, um aparelho pesado de ferro no qual se via o fogo, ao serem retiradas com um gancho as chapas e discos das bocas, e sobre o qual uma bacia mantinha água quente sempre pronta. Diante do fogão, minha mãe tinha colocado uma cadeira, onde eu ficava enquanto ela me lavava e vestia. Lembro-me do sentimento reconfortante do calor e do deleite que me dava por ser lavado e vestido nesse calor. Lembro-me também, sempre quando tal situação me vem à lembrança, que eu me perguntava por que minha mãe me mimava tanto. Será que eu estava doente? Será que os irmãos receberam algo que eu não tinha recebido? Haveria algo de desconfortável e difícil durante o dia, algo que eu precisaria superar?

Foi por ter sido tão mimado de tarde pela mulher, cujo nome eu desconhecia, que voltei à escola no dia seguinte. Contribuía para isso o fato de querer exibir a masculinidade que tinha adquirido. Não que quisesse me gabar. Mas me sentia cheio de força e superior, querendo ir ao encontro de meus colegas e professores com essa força e superioridade. Além disso, não tinha falado com ela a respeito, mas imaginava que ela, como cobradora de bonde, frequentemente trabalhasse até anoitecer e durante a noite. Como eu poderia vê-la todos os dias, se precisasse ficar em casa e só tivesse permissão para fazer meus passeios de convalescente?

Quando voltei de sua casa até a minha, meus pais e irmãos já estavam sentados para jantar.

— Por que você está chegando tão tarde? Sua mãe ficou preocupada. — Meu pai parecia mais aborrecido do que preocupado.

Eu disse que tinha me perdido; que tinha planejado um passeio atravessando o cemitério Ehren, até Molkenkur, mas acabei não dando em lugar algum e finalmente cheguei a Nussloch.

— Não tinha nenhum dinheiro e precisei voltar de Nussloch para casa caminhando.

— Você poderia pegar carona. — Minha irmã mais nova às vezes pegava carona, o que meus pais não aprovavam.

Meu irmão mais velho esbravejou com desprezo:

— Molkenkur e Nussloch são direções opostas.

Minha irmã mais velha me olhava com ar inquisidor.

— Amanhã vou voltar à escola.

— Então preste atenção em geografia. Tem o norte e o sul e o sol se põe...

Minha mãe interrompeu meu irmão.

— Ainda faltam três semanas, foi o que disse o médico.

— Se ele pode atravessar o cemitério Ehren andando até Nussloch e voltar, também pode ir à escola. Não lhe falta força, falta juízo.

Quando crianças, eu e meu irmão brigávamos constantemente, mais tarde passamos à batalha verbal. Três anos mais velho, ele me superava tanto num caso quanto no outro. Em algum momento parei de revidar, deixando suas frases agressivas caírem no vazio. Desde então ele se limitava à provocação.

— O que você acha? — minha mãe voltou-se para meu pai.

Ele pôs a faca e o garfo sobre o prato, recostou-se e juntou as mãos dobradas no colo. Calou-se e pareceu pensativo, como toda vez que minha mãe o consultava a respeito da casa ou das crianças. Como sempre, perguntei-me se ele de fato refletia sobre a pergunta de minha mãe ou sobre o seu trabalho. Talvez procurasse também refletir sobre a pergunta de minha mãe, mas, uma vez tomado pela reflexão, não pudesse pensar em nada além de seu trabalho. Era professor de filosofia, e pensar era sua vida, pensar e ler e escrever e ensinar.

Às vezes eu tinha a sensação de que nós, sua família, éramos para ele como animais domésticos. O cachorro com que se vai passear, e o gato com que se brinca, também o gato que se acomoda no colo, ronronando enquanto se deixa alisar — isso pode ser agradável a uma pessoa, pode-se até precisar disso de uma determinada maneira, e no entanto a compra da ração, a limpeza da caixa de areia do gato e a ida ao veterinário já são demais. Pois a vida está em outro lugar. Eu ficaria satisfeito em pensar que nós, sua família, fôssemos sua vida. Às vezes eu preferiria também que meu irmão provocador e minha pequena irmã fresca fossem diferentes. Mas naquela noite todos eram para mim terrivelmente queridos. Minha irmã pequena. Suponho que não era fácil ser a mais nova de quatro irmãos, e ela não podia afirmar-se sem alguma frescura. Meu irmão mais velho. Nós dividíamos um quarto, o que certamente era mais difícil para ele que para mim, e além disso ele teve de deixar o quarto todo para mim e dormir no sofá da sala desde que fiquei doente. Como não iria provocar-me? Meu pai. Por que nós, crianças, seríamos sua vida? Crescemos e logo nos tornamos adultos, e saímos de casa.

Para mim, era como se estivéssemos sentados pela última vez juntos em torno da mesa redonda sob o lustre de latão com cinco braços e cinco velas, como se estivéssemos comendo pela última vez nos velhos pratos com os traços verdes na borda, como se conversássemos pela última vez de modo tão familiar entre nós. Eu me sentia como numa despedida. Estava ainda lá e já tinha partido. Sentia nostalgia de minha mãe e pai e irmãos, e a saudade de estar com a mulher.

Meu pai olhou para mim.

— "Amanhã vou voltar à escola", foi isso que você disse, não foi?

— Foi. — Ocorrera-lhe, portanto, que eu tinha perguntado a ele e não a mamãe, e também não tinha dito que pensava se deveria ou não voltar à escola.

Ele assentiu.

— Vamos deixar que vá à escola. Se for demais para você, volta a ficar em casa.

Eu estava alegre. Ao mesmo tempo tinha a sensação de que agora a despedida estava completa.

8

Nos dias que se seguiram a mulher trabalhou no turno da manhã. Ela vinha ao meio-dia para casa, e dia após dia eu faltava à última aula para esperá-la no patamar da escada, em frente a seu apartamento. Tomávamos uma chuveirada e nos amávamos, e pouco antes de uma e meia eu me vestia apressadamente e saía correndo. À uma e meia o almoço era servido. No domingo o almoço era ao meio-dia, porém seu turno matinal também começava e terminava mais tarde.

Eu teria deixado de lado o chuveiro. Ela era de uma limpeza meticulosa, tomava uma chuveirada toda manhã, e eu gostava do cheiro de perfume, suor fresco e bonde que ela trazia do trabalho. Mas gostava também de seu corpo nu ensaboado; era um prazer deixar-me ensaboar por ela e a ensaboava com gosto, e ela me ensinou a fazer isso sem vergonha, mas sim com óbvio conhecimento de possuidor. Também quando nos amávamos era ela evidentemente quem ficava no controle. Sua boca alcançava a minha, sua língua brincava com a minha, ela me dizia onde e como eu devia pegar, e quando ela ficava por cima de mim até gozar, eu estava ali para ela apenas porque encontrava prazer comigo, em mim. Não que ela fosse pouco afetuosa e não me desse prazer. Mas fazia isso para sua própria satisfação, até que eu aprendesse a possuí-la.

Isso aconteceu mais tarde. De todo, eu nunca aprendi. E por muito tempo não me fez falta. Eu era jovem e meu gozo vinha rápido, e quando depois me animava aos poucos deixava que ela tomasse o controle. Eu a olhava enquanto estava em cima de mim, sua barriga que formava uma dobra funda sobre o umbigo, seus seios, o direito um pouquinho, minimamente maior que o esquerdo, seu rosto com a boca aberta. Ela apoiava as mãos no meu peito e as levantava para o alto no último momento, segurando a cabeça e soltava um grito soluçante, atônico, gutural, que me assustou na primeira vez e que mais tarde eu esperava ansiosamente.

Depois ficávamos esgotados. Frequentemente ela adormecia sobre mim. Eu ouvia a serra no pátio e os gritos dos artesãos que trabalhavam com ela e a dominavam. Quando a serra emudecia, os ruídos do trânsito na Bahnhofstrasse entravam fracos na cozinha. Quando eu ouvia crianças brincando e conversando, ficava sabendo que era a saída da escola e uma hora tinha se passado. O vizinho, que vinha para casa após o meio-dia, espalhava alimento de pássaros na sua varanda, e os pombos pousavam e arrulhavam.

— Como é que você se chama? — perguntei-lhe no sexto ou sétimo dia. Ela tinha adormecido sobre mim e acabara de acordar. Até então eu tinha evitado o tratamento formal e informal.

Ela se exaltou.

— O quê?

— Como você se chama?

— Por que você quer saber? — Ela me olhava desconfiada.

— Você e eu... sei o seu sobrenome, mas não o seu nome. Quero saber o seu nome. O que tem...

Ela riu.

— Nada, menino, não tem nada de errado. Eu me chamo Hanna.

Ela continuou rindo, não parou, acabou me contagiando.

— Você fez um olhar tão engraçado.

— Eu ainda estava meio dormindo. Como você se chama?

Pensava que ela sabia. Era chique não carregar mais as coisas da escola na bolsa e sim debaixo do braço, e quando as deixava em cima da mesa na casa dela meu nome ficava ali nos cadernos, e também nos livros, que eu tinha aprendido a encapar com papel resistente e colado uma etiqueta trazendo o título e o meu nome. Mas ela não tinha prestado atenção nisso.

— Eu me chamo Michael Berg.

— Michael, Michael, Michael. — Ela testava o nome. — Meu menino chama-se Michael, é um estudante...

— De escola.

— ...um estudante de escola, tem, quanto, 17 anos?

Fiquei orgulhoso dos dois anos a mais que ela me dava e fiz que sim.

— ...tem 17 anos e, quando ficar adulto, quer ser um famoso... — Hesitou.

— Não sei o que quero ser.

— Mas você estuda bastante.

— Mais ou menos. — Disse-lhe que ela era mais importante para mim do que o estudo e a escola. Que eu também viria vê-la mais frequentemente com prazer. — Acho que não vou passar.

— Onde você não vai passar? — Ela se endireitou. Era a primeira conversa de verdade que tínhamos.

— Na sexta série. Eu perdi muita coisa nos últimos meses, quando estava doente. Se quisesse ainda passar de ano, teria que estudar como um idiota. Também teria que estar na escola agora. — Contei a ela que estava matando aula.

— Fora. — Ela puxou a coberta. — Fora da minha cama. E não volte se não fizer o seu trabalho. Idiota, o seu trabalho? Idiota? O que você acha que é vender e furar bilhetes? — Levantou-se, ficou de pé nua na cozinha representando a cobradora de bonde. Abriu com a mão esquerda a pequena pasta com o bloco de bilhetes, tirou dois bilhetes com o polegar da mesma mão, no qual estava metido um dedal de borracha, mexeu com a direita, de modo que eles ficassem ao alcance do marcador balançando no pulso, e furou duas vezes. — Duas para Rohrbach. — Largou o marcador, esticou as mãos, pegou uma nota, abriu a carteira na frente da barriga, pôs a nota dentro, fechou de novo a carteira e apertou o botão do recipiente indicado para saírem as moedas do troco. — Quem ainda não tem bilhete? — Olhou para mim. — Idiota? Você não sabe o que é idiota.

Eu estava sentado na beira da cama. Estava atordoado.

— Desculpe. Eu vou fazer o meu trabalho. Não sei se consigo, em seis semanas o ano escolar acaba. Vou tentar. Mas não conseguirei se não puder mais ver você. Eu... — Primeiro quis dizer: eu amo você. Mas depois não gostei. Talvez ela tivesse razão, certamente tinha razão. Mas não tinha nenhuma razão em exigir de mim que fosse melhor na escola e fazer disso a condição de nossos encontros. — Não posso deixar de ver você.

O relógio no corredor bateu uma e meia.

— Você tem que ir. — Ela hesitou. — A partir de amanhã eu tenho turno principal. Cinco e meia; é quando venho para casa e você também pode vir. Desde que estude antes.

Estávamos nus, um em frente ao outro, mas nem de uniforme ela teria podido mostrar-se mais reservada. Eu não compreendia a situação. Tinha a ver comigo? Ou com ela? Se meu trabalho é idiota, isso faz com que o dela seja ainda mais idiota — isso a ofendeu? Mas eu não tinha dito de modo algum que o meu trabalho ou que o dela era idiota. Ou ela não queria um fracassado como amante? Mas eu era seu amante? O que eu era para ela? Vesti-me sem pressa, esperando que ela dissesse algo. Mas ela não disse nada. Fiquei completamente vestido e ela continuava em pé, nua, e quando a abracei na despedida não reagiu.

9

Por que pensar naquela época me deixa tão triste? Será a saudade de uma felicidade passada? E eu fui feliz nas semanas seguintes, em que realmente estudei como um idiota, conseguindo passar de ano, e nós nos amamos como se nada mais contasse no mundo. Ou foi pelo que se soube depois, o que estava lá o tempo todo mas que só veio à luz depois?

Por quê? Será porque aquilo que foi belo se torna frágil para nós em retrospectiva, por esconder verdades sombrias? Por que a lembrança de anos felizes de casamento se estraga quando se revela que o outro tinha um amante durante todos aqueles anos? Será porque não se pode ser feliz em tal situação? Mas a pessoa era feliz! Às vezes a lembrança não é fiel à felicidade quando o fim foi doloroso. Será porque a felicidade só vale quando permanece para sempre? Será porque só pode terminar dolorosamente o que foi doloroso de modo inconsciente e invisível? Mas o que é uma dor inconsciente e invisível?

Volto a pensar naquela época e me vejo diante de mim. Eu vestia os ternos elegantes que um tio rico havia deixado e cabiam em mim, junto com vários pares de sapatos de duas cores, preto e marrom, preto e branco, camurça e couro liso. Eu tinha braços e pernas longos demais, não para os ternos que minha mãe havia ajeitado, mas para a coordenação de meus movimentos. Meus óculos eram de um modelo barato e meu cabelo um escovão desgrenhado, o que quer que fizesse. Na escola, não era bom nem ruim; acho que muitos professores não me percebiam direito e os alunos que davam o tom da classe também não. Eu não gostava de minha aparência, do modo como me vestia e me movia, do que realizava e de como os outros me consideravam. Mas quanta energia havia em mim, quanta confiança em que um dia seria bonito e esperto, superior e admirado, quanta expectativa, com a qual eu antecipava novas pessoas e situações.

É isso que me deixa triste? O entusiasmo e a fé que me preenchiam naquela época e retiravam da vida uma promessa que nunca e em momento algum ela poderia conter? Às vezes vejo nos rostos de crianças e adolescentes esse mesmo entusiasmo e essa mesma fé, e as vejo com a mesma tristeza com que volto a pensar em mim. Será que essa tristeza é tristeza pura e simplesmente? É ela que nos acomete quando belas lembranças tornam-se frágeis se rememoradas, porque a felicidade lembrada não vive mais da situação, mas sim de uma promessa que não foi mantida?

Ela — eu deveria começar a chamá-la de Hanna, como comecei naquela época a chamá-la de Hanna —, ela abertamente não vivia de uma promessa, mas sim do aqui-e-agora.

Perguntei-lhe sobre seu passado, e foi como se ela procurasse numa arca empoeirada aquilo que me respondia. Tinha crescido em Siebenbürgen, viera com 17 anos para Berlim, tornara-se operária da Siemens e com 21 alistara-se para auxiliar os soldados. Desde que a guerra terminara, seguira vivendo com todos os empregos possíveis. Em seu trabalho como cobradora de bonde, que tinha havia alguns anos, gostava do uniforme e do movimento constante, da mudança de paisagens e do rolar dos trilhos sob os pés. Fora isso, não gostava dele. Não tinha família. Tinha 36 anos. Isso tudo ela contou como se não fosse sua vida, mas a de uma outra pessoa que ela não conhecesse direito e que não lhe dissesse respeito. Aquilo que eu queria saber com mais detalhes ela simplesmente não sabia mais. E também não entendia por que me interessava o que tinha sido feito de seus pais, se ela tinha irmãos, como vivera em Berlim e o que fizera entre os soldados.

— Você quer saber de tudo, menino!

O mesmo se dava em relação ao futuro. Naturalmente, eu não forjava nenhum plano de casamento e família. Mas me interessava mais pela relação de Julien Sorel com Madame de Rénal do que pela relação dele com Mathilde de la Môle. Eu via com satisfação Felix Krull, ao final, nos braços da mãe, em lugar da filha. Minha irmã, que estudava literatura alemã, narrava durante a refeição o debate: se o Sr. von

Goethe e a Sra. von Stein tinham uma relação amorosa, e eu defendia o caso com ênfase, para a perplexidade da família. Imaginava como nossa relação seria em cinco ou dez anos. Perguntava a Hanna como ela imaginava. Ela não gostava nunca de pensar além da Páscoa, quando eu queria viajar com ela de bicicleta no feriado. Poderíamos arranjar um quarto, como mãe e filho, e passar toda a noite juntos.

Estranho que a imaginação e a ideia não fossem penosas para mim. Numa viagem com minha mãe eu teria brigado por um quarto só meu. Ser levado por minha mãe ao médico ou para comprar um novo casaco, ou ser buscado numa viagem, parecia não corresponder mais à minha idade. Quando ela estava comigo na rua e encontrávamos colegas da escola, eu tinha medo de ser tomado por um filhinho mimado. Mas mostrar-me com Hanna, que, sendo dez anos mais nova que minha mãe, poderia ser minha mãe, não me desagradava. Deixava-me orgulhoso.

Quando vejo hoje em dia uma mulher de 36 anos, acho-a jovem. Mas, quando se trata de um jovem de 15, vejo uma criança. Espanta-me quanta segurança Hanna me deu. Meu sucesso na escola foi notado por meu professor e deu-me a garantia de seu respeito. As moças que eu encontrava notavam que eu não tinha nenhum receio delas e gostavam disso. Eu me sentia bem em meu corpo.

A lembrança que ilumina claramente os primeiros encontros com Hanna confunde as semanas entre nossa conversa e o final do ano letivo. Um motivo para isso é a regularidade com que nos encontrávamos e com que os encontros transcorriam. Um outro motivo é que eu nunca tivera antes dias tão cheios, minha vida nunca tinha sido tão rápida e intensa. Quando me lembro do quanto estudei naquelas semanas, para mim é como se tivesse me sentado na escrivaninha e permanecido lá até recuperar tudo aquilo que havia perdido enquanto estava com hepatite, aprendendo todos os vocábulos, lendo todos os textos, levando adiante todos os teoremas da matemática e decorando a tabela periódica. Sobre a República de Weimar e o Terceiro Reich eu já tinha lido na cama, doente. Nossos encontros também são na minha memória um único longo encontro. Desde a nossa conversa eles aconteciam sempre à tarde: quando ela tinha um turno noturno, das 3h às 4h30, se não às 5h30. Às 6h era o jantar, e, acima de tudo, Hanna me obrigava a chegar em casa pontualmente. Mas depois de um período não bastava mais uma hora e meia, e passei a inventar desculpas e deixar de lado o jantar.

Tudo começou por causa da leitura. No dia após o encontro, Hanna quis saber o que eu aprendia na escola. Contei dos épicos de Homero, dos discursos de Cícero e da história de Hemingway sobre o velho e sua batalha com o peixe e o mar. Ela queria ouvir como soavam o grego e o latim, e li para ela a *Odisseia* e o discurso contra Catilina.

— Você também aprende alemão?

— Como assim?

— Você aprende só línguas estrangeiras, ou também tem coisas para aprender na própria língua?

— Lemos textos.

Enquanto eu estava doente, a classe leu *Emilia Galotti* e *Intriga e amor*, e depois deveríamos escrever um trabalho a respeito. Portanto precisei ler ambas as peças, e só o fiz quando todo o resto estava pronto. Então era tarde e eu estava cansado, e o que lia já não lembrava no dia seguinte, e precisava ler mais uma vez.

— Leia para mim!

— Leia você mesma, eu trago os livros.

— Você tem uma voz tão bonita, menino, gosto mais de ouvir você do que de ler sozinha.

— Ah, não sei.

Mas quando cheguei no dia seguinte e quis beijá-la, ela se afastou.

— Primeiro você tem que ler para mim.

Ela falava sério. Tive de ler para ela durante meia hora *Emilia Galotti*, antes que me levasse para debaixo do chuveiro e para a cama. Agora eu também me alegrava com o chuveiro. O prazer com que tinha chegado ia-se embora com a leitura. Ler uma peça assim, de modo que os diferentes personagens se tornem reconhecíveis, únicos e vivos, exige certa concentração. Embaixo do chuveiro, o prazer voltava a crescer. Ler em voz alta, tomar uma chuveirada, amar e ficar um pouco mais juntos — este tornou-se o ritual de nossos encontros.

Ela era uma ouvinte atenta. Seu riso, seu suspiro desdenhoso e suas exclamações de indignação ou aplauso não deixavam nenhuma dúvida de que acompanhava a ação com excitação e de que considerava tanto Emilia quanto Luise garotas tolas. A impaciência com que às vezes me pedia que continuasse a ler vinha da esperança de que a tolice tinha de acabar finalmente.

— Isso não pode mesmo ser verdade!

Às vezes eu mesmo tinha ímpeto de continuar a ler. Quando os dias ficavam mais longos, eu lia durante mais tempo, para estar na cama com ela no crepúsculo. Quando ela estava adormecida sobre mim, a serra calava no pátio, o melro cantava, e das cores das coisas na cozinha só restavam tons acinzentados mais claros ou mais escuros, eu era completamente feliz.

10

No primeiro dia do feriado de Páscoa eu acordei às 4h. Hanna tinha turno matinal. Ela foi às 4h15 de bicicleta ao escritório da estação de bonde e às 4h30 de bonde para Schwetzingen. Na viagem de ida, assim me disse, o bonde está quase sempre vazio. Só na volta é que ele fica cheio.

Subi no segundo ponto. O segundo vagão estava vazio, no primeiro encontrava-se Hanna ao lado do motorneiro. Hesitei se devia sentar-me no vagão da frente ou no de trás, e me decidi pelo de trás. Ele prometia privacidade, um abraço, um beijo. Mas Hanna não veio. Ela devia ter visto que eu estava esperando no ponto e que tinha subido. Por isso é que o bonde tinha parado. Mas ela ficou de pé ao lado do motorneiro, conversando e brincando com ele. Eu podia ver.

Num ponto após o outro, o bonde passava direto. Ninguém o estava esperando. As ruas estavam vazias. O sol ainda não tinha surgido, e sob um céu pálido tudo se encontrava pálido numa luz pálida: casas, carros estacionados, árvores que tinham ficado verdes recentemente e arbustos florescentes, o tanque de gás e as montanhas a distância. O bonde ia lentamente; decerto o horário do trajeto contava o tempo de movimento e o de parada, e os tempos de movimento tinham de ser estendidos porque faltavam os de parada. Eu estava isolado no bonde que andava lentamente. Primeiro me sentei, depois me coloquei na parte da frente do vagão, procurando fixar Hanna com os olhos; ela devia sentir meu olhar nas suas costas. Após um momento virou-se e me olhou com interesse. Então voltou a conversar com o motorneiro. A viagem continuava. Passando Eppelheim, os trilhos não eram mais na rua, e sim ao lado dela, postos num aterrado revestido com pedra britada. O bonde ia mais depressa, com o barulho regular de um trem. Eu sabia que a linha passava por outros lugares, levando finalmente a Schwetzingen. Mas me senti trancado, eliminado do mundo normal em que as pessoas moram, trabalham e amam. Como se estivesse condenado a uma viagem sem rumo e sem fim no vagão vazio.

Então vi um ponto, um abrigo no campo aberto. Puxei a corda com a qual os cobradores sinalizam ao motorneiro que ele deve fazer uma parada ou que pode ir embora. O bonde parou. Nem o motorneiro nem Hanna tinham olhado em minha direção ao soar o sinal. Quando desci, foi como se eles olhassem para mim rindo. Mas eu não tinha certeza. Então o bonde seguiu caminho, e fiquei observando até que desaparecesse, primeiro numa depressão do terreno, depois atrás de uma colina. Fiquei entre a rua e o aterrado; em volta havia campos, árvores frutíferas e, mais adiante, uma empresa de horticultura com estufas. O ar estava fresco e se enchia de gorjeios dos pássaros. Sobre as montanhas, o céu branco se iluminava de rosa.

A viagem no bonde tinha sido um pesadelo. Se eu não tivesse o epílogo tão claro na lembrança, teria sido como um sonho ruim. Ficar no ponto, ouvir os pássaros e ver o sol nascer foi como despertar. Mas o despertar de um sonho ruim não nos alivia necessariamente. Também pode, só então, tornar consciente o que se sonhou de terrível, talvez até mesmo aquela terrível verdade que encontramos no sonho. Tomei o caminho de casa, me vieram as lágrimas, e só quando alcancei Eppelheim consegui parar de chorar.

Fiz o caminho para casa a pé. Tentei pedir carona algumas vezes, em vão. Quando cheguei ao meio do caminho, o bonde passou por mim. Estava cheio. Não vi Hanna.

Esperei-a ao meio-dia no patamar da escada diante de seu apartamento, triste, angustiado e furioso.

— Você está faltando à aula?

— Estou de férias. O que houve de errado hoje de manhã?

Ela abriu a porta e eu a segui apartamento adentro, para a cozinha.

— O que haveria de estar errado hoje de manhã?

— Por que você agiu como se não me conhecesse? Eu queria...

— Eu agi como se não conhecesse você? — Ela se virou, olhando-me friamente no rosto. — Você fingiu que não me conhecia. Entra no segundo vagão, quando está vendo que estou no primeiro.

— Por que eu iria no primeiro dia de minhas férias, às 4h30, para Schwetzingen? Fui porque queria fazer uma surpresa para você, porque pensei que você ia ficar alegre. No segundo vagão eu...

— Pobre criança. Acorda às 4h30, e ainda por cima suas férias. — Eu nunca a tinha visto fazer uma ironia. Ela alcançou a cabeça. — Sei lá por que você vai para Schwetzingen. Sei lá por que finge que não me conhece. É problema seu, não meu. Você poderia ir agora?

Não posso descrever o quanto eu estava furioso.

— Isso não é direito, Hanna. Você sabia, você tinha de saber que eu estava indo só por você. Como pode então acreditar que eu fingiria não conhecer você? Se eu quisesse fingir que não conheço você, não teria ido.

— Ah, me deixe em paz. Já lhe disse, o que você faz é problema seu, não meu.

Ela tinha se posicionado de tal modo que a mesa da cozinha se encontrava entre nós; seu olhar, sua voz e seus gestos me tratavam como um invasor e exigiam que eu fosse embora.

Sentei-me no sofá. Ela tinha me tratado mal, e eu quisera conversar com ela. Mas não tinha conseguido. Em vez disso ela tinha me agredido. E comecei a ficar inseguro. Será que ela tinha razão, não objetiva, mas subjetivamente? Será que eu fui mal-interpretado? Será que eu a tinha magoado, sem intenção, contra minha vontade, mas magoado mesmo assim?

— Desculpe, Hanna. Foi tudo errado. Eu não queria magoar você, mas parece...

— Parece? Você quer dizer, parece que você me magoou? Você não pode me magoar, você não. E você vai embora, afinal? Eu trabalhei, quero tomar banho e quero ficar em paz. — Olhou para mim, insistindo. Quando não me levantei, deu de ombros, virou-se, deixou a água cair na banheira e tirou a roupa.

Então, levantei-me e fui. Pensei que estava indo para sempre. Mas depois de meia hora me encontrava de novo em frente ao apartamento. Ela me deixou entrar, eu assumi toda a culpa. Tinha agido sem pensar, sem cuidado, sem amor. Entendia que ela não estivesse magoada, porque eu não podia magoá-la. Entendia que eu não pudesse magoá-la, mas que ela simplesmente não tolerasse minha atitude. No final, fiquei feliz quando ela admitiu que eu a havia magoado. Portanto ela não era tão intocável e indiferente como se mostrara.

— Você me perdoa?

Ela fez que sim.

— Você me ama?

Ela assentiu de novo.

— A banheira ainda está cheia. Venha, eu dou banho em você.

Mais tarde me perguntei se ela tinha deixado a água na banheira porque sabia que eu iria voltar. Se tinha tirado a roupa porque sabia que isso não me sairia da cabeça e me traria de volta. Se ela queria apenas ganhar um jogo de poder. Quando tínhamos nos amado e estávamos lado a lado e contei por que tinha entrado no segundo em vez de no primeiro vagão, ela mexeu comigo.

— Até no bonde você quer fazer isso comigo? Menino, menino! — Era como se o motivo de nossa briga não tivesse significado algum.

Mas seu resultado foi significativo. Eu não tinha apenas perdido esta briga. Eu tinha capitulado após uma batalha curta, quando ela ameaçou me mandar embora e não mais me ver. Nas semanas seguintes não houve nem mesmo uma batalha curta. Quando ela ameaçava, eu capitulava imediatamente, sem demandas. Assumia toda a culpa. Admitia erros que eu não tinha cometido, assentia em intenções que nunca teria planejado. Quando ela era fria e dura, eu implorava para que voltasse a ser boa para mim, me perdoasse, me amasse. Às vezes tinha a sensação de que ela mesma sofria ao ser fria ou dura. Como se sentisse falta do calor de meus pedidos de desculpa, garantias e juramentos. Às vezes eu ficava pensando que ela triunfava facilmente sobre mim. Mas, de um modo ou de outro, eu não tinha nenhuma escolha.

Não podia conversar com ela sobre isso. A conversa sobre nossa briga só levava a nova briga. Por uma ou duas vezes escrevi-lhe longas cartas. Mas ela não reagia, e, quando eu perguntava, retorquia:

— Já vai começar de novo?

11

Não que Hanna e eu, após o primeiro dia do feriado de Páscoa, não tenhamos mais sido felizes. Nunca fomos tão felizes quanto naquelas semanas de abril. Assim ficou dissimulada essa primeira briga e nosso conflito em geral: tudo que conduzia ao nosso ritual de leitura, chuveiro, amor e a ficarmos lado a lado nos fazia bem. Além disso, ela tinha se redimido da acusação de que eu teria fingido não conhecê-la. Quando eu queria ser visto com ela, em princípio ela não podia fazer nenhuma objeção. "Portanto você não quer mesmo ser visto comigo" — isto ela não poderia dizer a si mesma de modo algum. Assim, saímos numa viagem de quatro dias de bicicleta na semana depois da Páscoa, por Wimpfen, Amorbach e Miltenberg.

Não me lembro mais do que disse a meus pais. Que faria o passeio com meu amigo Matthias? Com um grupo? Que ia visitar um antigo colega de classe? Provavelmente minha mãe ficou preocupada, como sempre, e meu pai achou, como sempre, que ela não devia ter nenhuma preocupação. Eu não tinha acabado de passar de ano, o que ninguém achava possível?

Enquanto estava doente, não gastei minha mesada. Mas isso não seria suficiente se eu tivesse de pagar também para Hanna. Portanto pus à venda minha coleção de selos na loja de selos perto da igreja Heiliggeist. Era a única loja que anunciava na porta a compra de coleções. O vendedor deu uma olhada em meus álbuns e me ofereceu 60 marcos. Chamei sua atenção para minha peça de luxo, um selo egípcio com uma pirâmide, cortado precisamente, que estava indicado no catálogo com o valor de 400 marcos. Ele deu de ombros. Se eu era tão afeiçoado à minha coleção, talvez devesse cuidar dela melhor. Teria eu sequer o direito de vendê-la? O que diriam meus pais a respeito? Tentei negociar. Se o selo com a pirâmide não fosse valioso, eu iria simplesmente guardá-lo para mim. Então ele poderia me dar apenas 30 marcos. Então o selo com a pirâmide é mesmo valioso? No final recebi 70 marcos. Sentia-me enganado, mas era-me indiferente.

Não só eu estava ansioso pela viagem. Para meu espanto, Hanna também estava inquieta já dias antes de viajar. Ficava para lá e para cá, indecisa sobre o que devia levar, arrumando várias vezes a mochila que providenciei para ela. Quando quis mostrar-lhe no mapa a rota que tracei, ela não quis ouvir nem nada.

— Agora estou muito agitada. Você já faz isso direito, menino.

Partimos na segunda-feira de Páscoa. O sol brilhava, e brilhou por quatro dias seguidos. De manhã estava fresco, e durante o dia ficava quente, não quente demais para andar de bicicleta, mas o suficiente para fazer um piquenique. As florestas eram tapetes em verde, com pontos, manchas e superfícies de verde-amarelado, verde-claro, verde-garrafa, verde-azulado e verde-escuro. Na planície do Reno já floresciam as primeiras árvores frutíferas. Em Odenwald cresciam aprumadas as forsítias.

Com frequência podíamos andar de bicicleta lado a lado. Então mostrávamos um para o outro o que víamos: o castelo, o pescador, o barco no rio, a barraca, a família caminhando com passo de ganso na margem, o furgão americano de capota aberta. Quando mudávamos de caminho e estrada, eu tinha de ir na frente; ela não se preocupava com estradas e caminhos. Quando o trânsito estava intenso, ora ela seguia atrás de mim, ora eu ia atrás. Ela tinha uma bicicleta com aros, pedal e roda dentada revestidos, e usava um vestido azul, cuja saia longa balançava no vento do caminho. Precisei de um tempo até perder o medo de que a saia prendesse nos aros ou na roda dentada e ela caísse. Depois passei a gostar de vê-la andando na minha frente.

Como desejei aquelas noites. Tinha imaginado que iríamos nos amar, adormecer, acordar e nos amar de novo, adormecer de novo, acordar de novo e assim por diante, noite após noite. Mas a única vez que acordei foi na primeira noite. Ela estava de costas para mim, eu me inclinei sobre ela e a beijei, e ela se virou de frente, tomando-me para cima dela e me abraçando.

— Meu menino, meu menino.

Então adormeci em cima dela. Nas outras noites dormimos sem interrupções, cansados da viagem, do sol e do vento. Nós nos amávamos de manhã.

Hanna me deixou responsável não apenas pela escolha dos passeios e caminhos. Eu procurava as pensões em que iríamos passar a noite, registrando-nos como mãe e filho na ficha de hospedagem que ela apenas assinava, e escolhia a comida no cardápio não só para mim, mas também para ela.

— Eu gosto de não ter que me preocupar com nada.

A única briga que tivemos foi em Amorbach. Eu tinha acordado cedo, vestira-me sem fazer barulho e tinha saído do quarto. Queria trazer o café da manhã e também ver se já podia achar uma floricultura aberta e conseguir uma rosa para Hanna. Tinha deixado um bilhete na mesinha de cabeceira para ela: "Bom dia! Fui pegar o café da manhã, já volto" ou algo parecido. Quando voltei ela estava de pé no quarto, meio vestida, tremendo de raiva, com o rosto branco.

— Como você pode sair assim?

Larguei a bandeja com o café da manhã e a rosa e quis abraçá-la.

— Hanna...

— Não se aproxime.

Ela tinha nas mãos o cinto fino de couro com o qual prendia o vestido na cintura, deu um passo para trás e o lançou no meu rosto. Meu lábio estalou, e senti o gosto de sangue. Não doeu. Fiquei terrivelmente chocado. Ela pegou o cinto de novo.

Mas não voltou a bater. Deixou os braços caírem, largando o cinto, e chorou. Eu nunca a tinha visto chorar. Seu rosto desfigurou-se. Olhos escancarados, boca escancarada, as pálpebras inchadas após as primeiras lágrimas, manchas vermelhas nas bochechas e no pescoço. De sua boca saíam sons grasnados, guturais, parecidos com o grito atônico de quando nos amávamos. Ela ficou ali, vendo-me através de suas lágrimas.

Eu deveria pegá-la em meus braços. Mas não podia. Não sabia o que fazer. Em nossa casa ninguém chorava assim. Ninguém batia, nem com a mão e menos ainda com uma tira de couro. Conversava-se. Mas o que eu devia dizer?

Ela deu dois passos em minha direção, atirou-se no meu peito, batendo com os punhos em mim, agarrando-se a mim. Agora eu podia segurá-la. Seus ombros balançavam, ela batia com a testa em meu peito. Então suspirou profundamente e aninhou-se em meus braços.

— Vamos tomar o café? — Soltou-se de mim. — Meu Deus, menino, olhe só para você! — Ela pegou uma toalha de rosto seca e limpou minha boca e meu queixo. — E a camisa está cheia de sangue. — Tirou-me a camisa, depois a calça e depois tirou a própria roupa, e nós nos amamos.

— O que houve de errado, na verdade? Por que você ficou tão furiosa?

Encontrávamo-nos lado a lado, tão contentes e satisfeitos que pensei naquele momento que ela fosse esclarecer tudo.

— O que houve, o que houve... que bobo o jeito como você sempre pergunta. Não pode ir embora assim.

— Mas eu tinha deixado um bilhete para você...

— Bilhete?

Sentei-me. No lugar onde eu tinha posto o bilhete, em cima da mesinha de cabeceira, ele não estava mais. Levantei-me, procurei ao lado e embaixo da mesinha, sob a cama, na cama. Não achei.

— Não entendo isso. Eu tinha escrito um bilhete para você dizendo que ia pegar o café da manhã e voltava logo.

— Foi mesmo? Não estou vendo nenhum bilhete.

— Você não acredita em mim?

— Quero acreditar em você. Mas não estou vendo nenhum bilhete.

Não brigamos mais. Será que um golpe de vento tinha vindo, apanhado o bilhete, levando-o para algum ou nenhum lugar? Teria sido tudo um mal-entendido, sua raiva, meu lábio machucado, seu rosto magoado, meu desamparo?

Deveria eu continuar procurando pelo bilhete, pela causa da raiva de Hanna, pela causa de meu desamparo?

— Leia alguma coisa, menino!

Ela se encostou em mim, eu peguei *O velhaco*, de Eichendorff, e continuei de onde tinha parado da última vez. *O velhaco* era fácil de ler em voz alta, mais fácil do que *Emilia Galotti* e *Intriga de amor*. Hanna acompanhava novamente com uma participação entusiasmada. Ela gostava dos poemas entremeados. Gostava dos disfarces, dos enganos, das confusões e perseguições em que o herói se envolvia na Itália. Ao mesmo tempo, implicava com ele por ser um velhaco, não se responsabilizar por nada, não conseguir nada e nem querer conseguir. Ficava arrebatada e, horas depois que eu tinha parado de ler, ainda podia vir com perguntas.

— Inspetor da alfândega... não era bom esse emprego?

Mais uma vez, como o relato de nossa briga foi tão meticuloso, também quero relatar a nossa felicidade. A briga tornou o nosso relacionamento mais íntimo. Eu a tinha visto chorar, a Hanna que também chorava ficava mais próxima de mim do que a Hanna que era só forte. Ela começou a mostrar um lado suave que eu nunca tinha conhecido. Tinha continuado a cuidar do meu lábio machucado até sarar, tocando-o ternamente.

Nós nos amávamos de modo diferente. Há muito eu tinha me abandonado à sua condução, ao seu controle. Então eu também tinha aprendido a possuí-la. Durante e desde a nossa viagem não mais buscávamos apenas o domínio um do outro.

Tenho um poema que escrevi na época. Como poema não vale nada. Na época me entusiasmara com Rilke e Benn, e reconheço que queria imitar os dois ao mesmo tempo. Mas vejo novamente como estávamos próximos um do outro naquela época. Aqui está o poema:

Quando nos abrimos
você a mim e eu a você,
quando afundamos
em mim, você, e eu em você,
quando perecemos
você dentro de mim e eu dentro de você.

Então
eu sou eu
e você é você.

12

Embora não tenha nenhuma lembrança das mentiras que contei a meus pais sobre a viagem com Hanna, lembro-me do preço que tive de pagar para que pudesse ficar sozinho em casa nas últimas semanas de férias. Não sei mais para onde meus pais, minha irmã mais velha e meu irmão mais velho foram viajar. O problema foi a irmã mais nova. Ela devia ficar com a família de uma amiga. Mas, se eu ficasse em casa, ela ia querer ficar em casa também. E isso é que meus pais não queriam. Portanto eu também devia ficar com a família de um amigo.

Em retrospecto acho notável que meus pais estivessem preparados para me deixar em casa sozinho, aos 15 anos, durante uma semana. Será que tinham reparado na independência que tinha crescido em mim desde o encontro com Hanna? Ou tinham apenas registrado que eu conseguira passar de ano apesar dos meses de doença, e daí decidido que eu era mais consciente das responsabilidades e mais digno de confiança do que até então tinha sido possível reconhecer? Também não lembro de que fosse levado a prestar contas das muitas horas que passava com Hanna naquela época. Ao que parecia, meus pais aceitavam que eu, de novo saudável, ficasse muito tempo junto com amigos, estudasse com eles e passasse com eles o tempo livre. Além disso, quatro filhos são um bando em que a atenção dos pais não pode abranger todos, mas concentra-se exatamente naquele que traz mais problemas. Eu tinha trazido problemas por tempo suficiente; meus pais estavam aliviados que estivesse sadio e tivesse passado para a série seguinte.

Quando perguntei para minha irmã mais nova o que ela queria para ficar com sua amiga enquanto eu ficasse em casa, ela exigiu *jeans* — dizíamos então *blue jeans* ou calça de brim — e um suéter, um pulôver de veludo. Eu entendi. *Jeans* era naquela época algo especial, chique, e além disso prometia a libertação dos trajes com desenhos de espinha de peixe e dos vestidos decorados com grandes flores. Da mesma maneira que eu tinha de usar as coisas de meu tio, minha irmã mais nova tinha de usar as coisas da minha irmã mais velha. Mas eu não tinha dinheiro.

— Então rouba! — Minha irmã tinha o ar indiferente.

Foi assombrosamente fácil. Eu experimentei diversos *jeans*, levei também um par do número dela para a cabine e carreguei-o sob a calça de corte largo do terno, na barriga, para fora da loja. O suéter, roubei na loja de departamentos. Um dia, eu e minha irmã mais nova ficamos passeando pela seção de moda, de um balcão para o outro, até acharmos o balcão certo com o suéter certo. No dia seguinte, com passos apressados, decididos, atravessei a seção, peguei o pulôver, escondi-o embaixo do paletó e já estava lá fora. No dia seguinte roubei para Hanna uma camisola de seda, fui visto pelo vigia da loja e corri como se fosse salvar minha vida, escapando com esforço e por pouco. Durante anos não pisei na loja de departamentos.

Desde nossas noites juntos na viagem, toda noite eu tinha saudade de senti-la ao meu lado, de aninhar-me nela, minha barriga em suas nádegas e meu peito em suas costas com minha mão em seu peito, de procurá-la com o braço ao acordar durante a noite e encontrá-la, de enroscar uma perna em cima da perna dela e apertar o rosto em seu ombro. Uma semana sozinho em casa eram sete noites com Hanna.

Numa noite eu a convidei e cozinhei para ela. Ficou na cozinha enquanto eu dava o último toque na comida. Ficou na porta aberta de dois batentes, entre a sala de jantar e a de estar, quando eu servi. Sentou-se à mesa circular, onde meu pai costumava sentar-se. Olhou em torno.

Seu olhar tateava tudo, os móveis estilo Biedermeier, os batentes, o velho relógio de sala, os quadros, a estante com os livros, louça e talheres sobre a mesa. Quando deixei-a sozinha para preparar a sobremesa, não a reencontrei à mesa. Ela tinha ido de quarto em quarto e estava no escritório de meu pai. Encostei-me silenciosamente no umbral da porta, observando-a. Ela deixou seu olhar vagar pelas prateleiras de livros que cobriam as paredes, como se estivesse lendo um texto. Então foi até uma prateleira, passou o dedo indicador da mão direita pelas lombadas dos livros, foi até a prateleira seguinte, continuou com o dedo, lombada a lombada, passando em revista o quarto todo. Na janela, ficou parada, olhando na escuridão, para o reflexo das prateleiras de livros e sua própria face refletida.

É uma das imagens de Hanna que me ficaram. Eu as guardei, posso projetá-las numa tela interior e assistir a elas, inalteradas, intactas. Às vezes passo muito tempo sem pensar nelas. Mas elas sempre me vêm de novo à cabeça, então pode ser que eu tenha de projetá-las, uma após outra, na tela interior e assistir a elas. Uma é a de Hanna vestindo as meias na cozinha. Uma outra é a de Hanna em pé diante da banheira, segurando com as mãos abertas a toalha. Uma outra é a de Hanna andando de bicicleta com a saia agitada pelo vento. Em seguida é a imagem de Hanna no escritório de meu pai. Ela usa um vestido listrado de azul e branco, o que naquela época se chamava vestido-blusão. Vestindo-o, parece jovem. Passa o dedo ao longo das lombadas dos livros e olha pela janela. Agora vira-se para mim, rápido o suficiente para que a saia balance em torno de suas pernas, antes de pender reta novamente. Seu olhar está cansado.

— São os livros que o seu pai só leu, ou os que escreveu também?

Eu sabia de um livro de meu pai sobre Kant e de um sobre Hegel, procurei os dois, encontrei-os e lhe mostrei.

— Leia um pouco para mim. Não quer, menino?

— Eu... — Eu não gostaria, mas tampouco gostaria de negar-lhe o desejo. Peguei o livro de meu pai sobre Kant e li em voz alta uma passagem sobre analítica e dialética, que nem ela nem eu entendemos. — Chega?

Ela me olhou como se tivesse entendido tudo, ou como se não importasse o que se entende e o que não se entende.

— Você também vai escrever esses livros um dia?

Balancei a cabeça.

— Você vai escrever livros diferentes?

— Não sei.

— Você vai escrever peças?

— Não sei, Hanna.

Ela fez que sim. Então comemos a sobremesa e fomos para a casa dela. Eu teria adorado dormir com ela em minha cama, mas ela não queria. Sentiu-se em minha casa como uma intrusa. Não disse isso com palavras, mas pela maneira como ficou parada na cozinha ou na porta de dois batentes aberta, como andou de um quarto a outro, como passou em revista os livros de meu pai e como se sentou comigo para comer.

Dei-lhe de presente a camisola de seda. Era cor de berinjela, tinha tiras finas que deixavam os ombros e braços livres e chegava até os tornozelos. Brilhava e cintilava. Ela se olhou, para baixo, virou-se, dançou alguns passos, viu-se no espelho, examinou um pouco seu reflexo e continuou a dança. Essa também é uma imagem que me ficou de Hanna.

13

Sempre experimentei o começo do ano letivo como uma linha divisória. A mudança da sexta para a sétima série foi especialmente decisiva. Minha classe foi separada e dividida em três. Uma quantidade bem grande de estudantes não tinha conseguido passar da sexta para a sétima série, e assim quatro classes pequenas foram arrumadas em três grandes.

O colégio que eu frequentava tinha aceitado só meninos por muito tempo. Quando também passaram a aceitar meninas, elas eram a princípio tão poucas que não foram divididas igualmente pelas classes, mas enviadas apenas a uma delas, mais tarde a duas e depois a três, até que constituíssem um terço do contingente de cada classe. Assim, não havia meninas suficientes na minha série, para que algumas fossem mandadas para a minha antiga classe. Nós éramos a quarta classe, uma classe só de meninos. Por isso também fomos separados e divididos, nós e não uma das outras classes.

Ficamos sabendo disso só no começo do novo ano letivo. O diretor chamou-nos em uma sala de aula e nos explicou por que e como fomos divididos. Com seis colegas, fui pelo corredor vazio até a nova sala de aula. Ficamos com os lugares que tinham sobrado, eu fiquei com um na segunda fila. Eram carteiras de uma pessoa, mas colocadas duas lado a lado, em três colunas. Eu me sentava na coluna do meio. Do meu lado esquerdo sentava-se um colega de minha antiga classe, Rudolf Bargen, um jogador de xadrez e hóquei, pesado, quieto e de confiança, com quem eu quase não tinha nenhuma relação na antiga classe, mas logo ficamos bons amigos. Do meu lado direito, depois da passagem, sentavam-se as meninas.

Minha vizinha era Sophie. Cabelos castanhos, olhos castanhos, queimada de sol, com pelos dourados nos braços nus. Quando me sentei e olhei em volta, ela sorriu para mim.

Sorri de volta. Sentia-me bem, alegrando-me com o novo início na nova classe e com as meninas. Eu tinha observado meus colegas na sexta série: eles, havendo ou não meninas em suas classes, tinham medo delas, evitavam-nas e se gabavam diante delas, ou as idolatravam. Eu conhecia as mulheres e podia me sentir à vontade e ser amigável. Iria entender-me com elas na nova classe, e por aí chegaria também aos meninos.

É assim mesmo? Eu me sentia, quando era jovem, ou muito seguro ou muito inseguro. Ou me parecia completamente incapaz, insignificante e sem valor, ou achava que eu dava certo sempre em tudo, e tudo também tinha de dar certo para mim. Sentia-me seguro para dominar as maiores dificuldades. Mas o menor fracasso era suficiente para me convencer da minha falta de valor. A reconquista da segurança nunca era o resultado do êxito; com relação àquilo que eu esperava de mim em termos de realização e o que ansiava dos outros em termos de reconhecimento, todo êxito ficava lamentavelmente para trás, e se eu ia experimentar esse lamento ou se o êxito ia deixar-me orgulhoso dependia apenas de como eu estava. Com Hanna tudo esteve bem por várias semanas — apesar de nossas discussões, embora ela me repelisse muitas vezes e eu me rebaixasse. E assim o verão na nova classe também começou bem.

Vejo a sala de aula diante de mim: na frente, à direita, a porta; na parede do lado direito, o suporte de madeira com os cabides para roupas; à esquerda, janelas, e mais janelas, e através destas a vista do monte Heiligen. E, quando ficávamos defronte da janela, no intervalo, lá embaixo na rua o rio e os campos na outra margem, em frente o quadro-negro, tripés para mapas e imagens, a mesa e a cadeira do professor sobre um estrado da altura de um degrau. As paredes eram pintadas até a altura da cabeça com tinta a óleo, em cima uma listra branca, e do teto pendiam dois lustres redondos cor de leite. A sala não continha nada de supérfluo, nenhum quadro, nenhuma planta, nenhuma carteira a mais, nenhum armário com livros e cadernos esquecidos ou giz colorido. Quando o olhar vagava, dirigia-se para a janela ou furtivamente para a vizinha e o vizinho. Quando Sophie notava que eu a estava olhando, virava-se e sorria para mim.

— Berg, o fato de Sophia ser um nome grego não é motivo para você estudar sua vizinha na aula de grego. Traduza!

Traduzíamos a *Odisseia*. Eu a tinha lido em alemão, tinha amado e a amo até hoje. Quando chegou minha vez, precisei apenas de alguns segundos para voltar a me concentrar e traduzir. Quando o professor já tinha feito a brincadeira comigo e com Sophie e a turma tinha parado de rir, gaguejei por outro motivo. Nausícaa, que igualava os imortais em feição e aparência, virgem e de braços brancos — eu devia imaginar Hanna ou Sophie? Tinha de ser uma das duas.

14

Quando o motor dos aviões para de funcionar não é o fim do voo. Os aviões não caem como pedras do céu. Eles continuam planando, os enormes aviões de passageiros com várias turbinas planam de 30 a 45 minutos, para então se espatifarem ao tentar pousar. Os passageiros não notam nada. Voar com motores parados não dá uma sensação diferente da de voar com eles funcionando. É mais silencioso, mas só um pouquinho: mais alto do que os motores é o vento que bate contra a fuselagem e as asas. Em algum momento, quando se olha pela janela, a terra ou o mar estão ameaçadoramente próximos. Ou está passando o filme, e as aeromoças e comissários de bordo fecharam as cortinas. Talvez os passageiros sintam o voo um pouco mais silencioso, como um voo especialmente agradável.

O verão foi o voo planado de nosso amor. Ou muito mais do meu amor por Hanna; sobre seu amor por mim eu não sei nada.

Nós mantivemos nosso ritual da leitura, chuveirada, amor e deitar-se lado a lado. Eu li *Guerra e paz* em voz alta, e todas aquelas digressões de Tolstoi sobre história, grandes homens, Rússia, amor e honra devem ter durado de umas quarenta a umas cinquenta horas. De novo, Hanna acompanhava o desenvolvimento do livro entusiasmada. Mas era diferente de antes; ela se manteve reservada com seus juízos, não fez de Natasha, Andrej e Pierre parte de seu mundo, como fizera com Luise e Emilia, mas observava o mundo deles admirada, como quando se faz uma viagem para lugares distantes, ou como quando se visita um castelo ao qual se é convidado, em que se tem permissão para ficar, sendo bem recebido, porém sem nunca perder a timidez. Tudo o que tinha lido para ela até então eu já conhecia. *Guerra e paz* era novidade para mim também. Fizemos juntos a longa viagem.

Inventamos apelidos um para o outro. Ela começou a me chamar não só de menino, mas também com diferentes atributos e diminutivos: sapo ou sapinho, filhote, pedrinha e rosa. Eu estava na casa de Hanna e ela me perguntou:

— Em que bicho você pensa quando me abraça, fecha os olhos e pensa em bichos?

Fechei os olhos e pensei em bichos. Estávamos deitados juntos, apertados, minha cabeça em seu pescoço, meu pescoço em seus peitos, meu braço direito sob ela e nas suas costas e meu braço esquerdo em suas nádegas. Eu acariciava com os braços e as mãos as suas costas largas, sua coxa dura, suas nádegas firmes, sentindo também seus seios e sua barriga colados no meu pescoço e no meu peito. Lisa e macia era a sensação de sua pele e seu corpo cheio de força e confiante. Quando minha mão estava sobre a batata de sua perna, senti uma vibração contínua e palpitante do músculo. Fez-me pensar no frêmito da pele com que os cavalos procuram espantar as moscas.

— Em um cavalo.

— Um cavalo? — Ela se soltou de mim, endireitou-se e me olhou. Olhou-me abismada.

— Você não gosta? Cheguei a essa conclusão porque você é tão boa de sentir, lisa e macia e firme e forte por baixo. E porque sua batata da perna palpita. — Esclareci para ela minha associação.

Ela observou o movimento dos músculos de suas batatas da perna.

— Cavalo — balançou a cabeça —, não sei, não...

Não era de seu feitio. Ela costumava ser completamente inequívoca, seja na concordância ou na recusa. Diante de seu olhar abismado, eu estava preparado, se fosse preciso, para retirar o que dissera, lamentar-me e pedir desculpas. Mas agora procurava fazer as pazes entre ela e o cavalo.

— Eu poderia dizer para você *cheval*, ou indomável ou eguinha ou montariazinha. Quando penso em cavalo não é na dentadura do cavalo ou no crânio, ou no que quer que não agrade a você, mas em algo de bom, quente, macio, forte. Você não é nenhum coelhinho ou gatinho. E tigresa... tem algo de malvado, que você também não é.

Ela se deitou de frente, os braços atrás da cabeça. Neste momento me ergui e a vi. Seu olhar estava perdido no vazio. Após um momento, virou para mim o rosto. Sua expressão era de uma interioridade peculiar.

— Não, eu gosto quando você diz cavalo, ou os outros nomes de cavalo... você pode explicá-los?

Uma vez fomos ao teatro na cidade vizinha e vimos *Intriga e amor*. Era a primeira ida de Hanna ao teatro, e ela aproveitou tudo, desde a representação até o champanhe no intervalo. Pus o meu braço em sua cintura, sem me importar com o que as pessoas pensariam de nós como casal. Eu estava orgulhoso por não me importar. Ao mesmo tempo, sabia que me importaria se fosse no teatro de minha cidade. Será que ela também sabia disso?

Ela sabia que a minha vida no verão não girava mais apenas em torno dela, da escola e do estudo. Cada vez com mais frequência eu vinha da piscina, quando ia à casa dela no fim da tarde. Lá as colegas e os colegas de classe se encontravam, faziam juntos os deveres de casa, jogavam futebol, vôlei e baralho, e paqueravam. Lá tinha lugar a vida social da classe, e significava muito para mim estar junto com todos e pertencer ao grupo. Que eu, por causa do trabalho de Hanna, chegasse mais tarde do que os outros, ou fosse embora mais cedo, não me tornava malvisto, mas sim me fazia interessante. Eu sabia disso. Sabia também que não perdia nada, e no entanto tinha frequentemente o sentimento de que se passava só Deus sabe o quê justo quando eu não estava. Se eu preferiria estar na piscina a estar na casa de Hanna é coisa que por muito tempo não ousei me perguntar. Mas o meu aniversário em julho foi festejado na piscina e só me deixaram ir embora com pesar, sendo recebido por uma Hanna cansada e de mau humor. Ela não sabia que era meu aniversário. Quando eu tinha perguntado pelo seu e ela dissera 21 de outubro, não tinha perguntado pelo meu. Ela também não se encontrava mais mal-humorada do que em outras vezes, quando estava cansada. Mas o seu mau humor me aborreceu, e eu quis ir embora para a piscina, para junto das colegas e dos colegas de classe, para a leveza de nossas conversas, brincadeiras, jogos e paqueras. Quando reagi também com mau humor, ensejando uma briga, e Hanna me tratou como se eu não fosse nada, veio de novo o medo de perdê-la, e rebaixei-me, pedindo desculpas, até que ela me aceitasse. Mas eu estava cheio de rancor.

15

Foi então que comecei a traí-la.

Não que eu tivesse contado segredos ou comprometido Hanna. Não revelei nada do que deveria silenciar. Calei o que deveria revelar. Não assumi o lado dela. Sei que renegar é uma variante invisível da traição. De fora, não dá para ver se alguém está renegando ou apenas sendo discreto, ponderando, evitando pesares e aborrecimentos. Mas aquele que não assume sabe perfeitamente. E o relacionamento retira da renegação tanto o solo como as espetaculares variantes da traição.

Não sei mais quando reneguei Hanna pela primeira vez. Da camaradagem das tardes de verão na piscina desenvolveram-se amizades. Além de meus vizinhos de banco, que eu conhecia da antiga classe, eu gostava na classe nova especialmente de Holger Schlüter, que se interessava como eu por história e literatura e com quem a convivência se tornou logo familiar. Ele também se tornou amigo de Sophie, que morava poucas ruas adiante, e com eles passei a fazer o caminho para a piscina. A princípio, dizia-me que a intimidade com os amigos não era ainda grande o suficiente para contar sobre Hanna. Depois eu não achava a ocasião certa, a hora certa, a palavra certa. Por fim era tarde demais para contar sobre Hanna, apresentá-la junto com os outros segredos de juventude. Eu me dizia que, contando tão tarde sobre ela, despertaria a falsa impressão de que tinha mantido silêncio a respeito de Hanna todo aquele tempo porque nosso relacionamento não era direito, e eu tinha a consciência culpada. Mas o que eu também demonstrava... sabia que traía Hanna, quando agia como se deixasse os amigos saberem o que era importante em minha vida e calava sobre Hanna.

O fato de eles notarem que eu não me abria totalmente não ajudava. Numa tarde, caiu uma tempestade quando eu e Sophie voltávamos para casa, e nos abrigamos sob o teto de uma casinha de jardim no campo Neuenheimer, onde naquela época ainda não havia prédios da universidade, mas sim campos e jardins. Relampejava e trovejava, ventava e chovia com pingos grossos e pesados. Ao mesmo tempo, a temperatura caiu para uns cinco graus. Nós estávamos gelados, e pus o braço em torno dela.

— Você? — Ela não olhava para mim, mas para fora, na chuva.

— Sim?

— Você ficou muito tempo doente, hepatite. É isso que o perturba? Você tem medo de não ficar mais bem de saúde?

Os médicos disseram alguma coisa? E você precisa ir todo dia à clínica, fazer exames e receber transfusões de sangue?

Hanna como doença. Envergonhei-me. Mas falar à vontade de Hanna é que eu não podia.

— Não, Sophie. Não estou mais doente. Minhas taxas no fígado são normais, e dentro de um ano terei permissão até para beber álcool, se quiser, mas não quero. O que me... — Eu não queria, a respeito de Hanna, dizer: o que me perturba. — Chego mais tarde ou saio mais cedo por um outro motivo.

— Você não quer falar sobre isso, ou você quer mas não sabe como?

Não queria, ou não sabia como? Eu mesmo não sabia dizer. Mas da maneira como ficamos ali, debaixo dos raios, os relâmpagos claros e o estrondo próximo dos trovões, e a chuva tamborilando e gelando os dois, um esquentando o outro um pouco, eu tive a sensação de que tinha de contar a ela, exatamente a ela, sobre Hanna.

— Talvez eu possa falar sobre isso uma outra vez.

Mas nunca chegou a hora.

16

Nunca fiquei sabendo o que Hanna fazia quando não trabalhava nem estávamos juntos. Se perguntava a respeito, ela se recusava a responder. Não tínhamos nenhuma vida em comum; pelo contrário, ela me dava em sua vida o lugar que queria dar. Tinha de me contentar com isso. Se quisesse ter mais ou mesmo apenas quisesse saber mais, era algo temerário. Se estávamos especialmente felizes juntos e eu perguntava, com base no sentimento de que naquele momento tudo parecia possível, então podia ocorrer que ela se esquivasse de minha pergunta em vez de se recusar a responder.

— Você quer saber tudo, menino! — Ou pegava minha mão, pondo-a em cima da sua barriga. — Perguntar demais deixa a barriga furada. — Ou contava nos dedos.

— Tenho que lavar, tenho que passar, tenho que varrer, tenho que espanar, tenho que fazer compras, tenho que cozinhar, tenho que sacudir as ameixas, recolher e trazer para casa depressa, senão o mindinho come — punha o dedo mindinho da mão esquerda entre o polegar e o indicador direitos —, senão ele come todas sozinho.

Também nunca a encontrei acidentalmente, na rua ou numa loja, ou no cinema, aonde, segundo dizia, gostava de ir com frequência e aonde eu sempre quis ir com ela nos primeiros meses, mas ela não queria. Às vezes conversávamos sobre filmes que ambos tínhamos visto. Ela ia de modo estranhamente sem critério ao cinema e via tudo, desde filmes de guerra e filmes patrióticos alemães, passando pelos faroestes, até *nouvelle vague*. E eu gostava do que vinha de Hollywood, não importava se a história se passasse na Roma antiga ou no Velho Oeste. Havia um filme de faroeste de que nós dois gostávamos especialmente. Richard Widmark representava um xerife que, na manhã seguinte, tem de comparecer a um duelo e só pode perdê-lo, e à noite bate na porta de Dorothy Malone, que o aconselha em vão a fugir. Ela abre a porta: "O que você quer agora? Sua vida toda em uma noite?" Hanna às vezes mexia comigo quando eu vinha à casa dela e estava cheio de exigências.

— O que você quer agora? Sua vida toda em uma hora?

Só vi Hanna uma vez sem combinarmos. Era fim de julho ou começo de agosto, os últimos dias antes das férias grandes.

Hanna tinha estado durante dias com uma estranha disposição de espírito, caprichosa e mandona e ao mesmo tempo perceptivelmente sob pressão, uma pressão que a atormentava ao máximo, deixando-a sensível e vulnerável.

Ela se concentrava, continha-se como se precisasse evitar que a pressão a arrebentasse. Diante de minha pergunta sobre o que a estava atormentando, reagia contrariada. Eu não sabia lidar com isso direito. Experimentava cada vez mais não só a sua recusa, mas também o seu desamparo, e procurava estar ali para ela, ao mesmo tempo deixando-a em paz. Um dia a pressão tinha ido embora. Primeiro pensei que Hanna voltara a ser como sempre. Após o final de *Guerra e paz* não tínhamos começado imediatamente um novo livro, eu prometera me encarregar disso, e tinha diversos livros para escolher.

Mas ela não queria.

— Deixe-me dar banho em você, menino.

Não foi a atmosfera carregada do verão que caiu sobre mim como uma rede pesada, ao entrar na cozinha. Hanna tinha acendido o aquecedor do banheiro. Deixou a água correr, jogou algumas gotas de lavanda e me lavou. O blusão azul-claro com flores, sob o qual ela não vestia nada, colava, com o ar quente e úmido, em seu corpo suado. Excitava-me muito. Quando nos amamos, senti como se ela quisesse me levar a sensações além das até então experimentadas, até onde eu não podia mais suportar. A sua entrega também foi única. Não sem reservas; à sua reserva ela nunca renunciou. Mas era como se quisesse afogar-se junto comigo.

— Agora, vá embora para seus amigos.

Despediu-se de mim, e eu fui. O calor estava entre as casas, estava sobre os campos e jardins e flutuava sobre o asfalto. Eu estava atônito. Na piscina, a gritaria das crianças brincando e mergulhando atingia meu ouvido, como se viesse de uma distância longínqua. Sobretudo, eu estava andando pelo mundo como se ele não me pertencesse, nem eu a ele. Afundei na água turva, sem nenhuma vontade de emergir. Fiquei perto dos outros, ouvi o que diziam e achei tudo ridículo e vazio.

Em determinado momento, tal disposição de espírito evaporou. Em determinado momento, aquilo se tornou uma tarde normal na piscina com deveres de casa e vôlei e conversa fiada e flertes. Não tenho nenhuma lembrança a respeito do que me ocupava exatamente quando levantei os olhos e a vi.

Ela se encontrava a 20 ou 30 metros de distância, de short e blusa aberta, amarrada na cintura, olhando em minha direção. Olhei de volta. A distância, não podia ler a expressão de seu rosto. Não me levantei num salto e corri para ela. Passou-me pela cabeça: por que ela está na piscina; se quer ser vista por mim e comigo; se quero ser visto com ela, por que nunca nos encontramos acidentalmente; o que eu devia fazer? Então me levantei. No curto momento em que tirei os olhos dela, ela se foi.

Hanna de short e camisa amarrada, o rosto virado em minha direção mas com uma expressão que eu não podia ler — esta também é uma imagem que tenho dela.

17

No dia seguinte ela tinha partido. Cheguei à hora usual e toquei a campainha. Espiei pela porta, tudo parecia como sempre, e ouvi o tique-taque do relógio.

De novo me sentei nos degraus. Nos primeiros meses eu sempre soubera em que linha ela trabalhava, embora nunca mais tivesse tentado acompanhá-la ou esperar por ela. Em algum momento não perguntei mais sobre o assunto, não me interessei mais. Só agora isso me ocorria.

Da cabine telefônica na Wilhelmsplatz liguei para a companhia de bondes e trens, fui transferido algumas vezes de ramal e fiquei sabendo que Hanna Schmitz não tinha ido trabalhar. Voltei à Bahnhofstrasse, perguntei na serraria do pátio pela proprietária da casa e recebi um nome e um endereço em Kirchheim. Encaminhei-me para lá.

— Sra. Schmitz? Mudou-se hoje de manhã.

— E seus móveis?

— Os móveis não são dela.

— Desde quando ela morou no apartamento?

— O que o senhor tem com isso? — A senhora que falava comigo por uma janela na porta fechou-a.

No prédio da administração da companhia de bondes e trens fui tomando informações até chegar ao departamento de pessoal. O responsável foi amigável e prestativo.

— Ela ligou hoje de manhã, na hora certa para que pudéssemos organizar a substituição, e disse que não vinha mais. Nunca mais. — Balançou a cabeça. — Há duas semanas estava sentada aqui em sua cadeira, ofereci-lhe uma promoção para motorneira, e ela joga tudo fora.

No dia seguinte, pensei em ir ao escritório de registro de moradores. Ela tinha registrado sua mudança para Hamburgo, sem dar qualquer endereço.

Durante dias estive mal. Fiz tudo para que meus pais e irmãos não notassem. À mesa, conversava um pouco com eles, comia pouco e conseguia, quando precisava vomitar, ir até o banheiro. Ia à escola e à piscina. Ali passava as tardes em local afastado, onde ninguém vinha me procurar. Meu corpo ansiava por Hanna. Porém pior do que a saudade do corpo era o sentimento de culpa. Por que eu não tinha levantado imediatamente num salto e corrido até ela, quando ela estava ali!? Naquele breve instante concentrara-se em mim a afeição dividida dos últimos meses, a partir da qual eu a tinha renegado, traído. Como castigo por isso, ela fora embora.

Às vezes tentava me convencer de que não era ela que eu tinha visto. Como poderia estar certo de que era ela, quando não reconhecera direito o seu rosto? Eu não teria de reconhecer o seu rosto, se fosse ela? Não podia, então, estar certo de que não podia ser ela?

Mas eu sabia que era ela. Ficou ali olhando — e foi tarde demais.

SEGUNDA PARTE

1

Depois de Hanna ter deixado a cidade, levou algum tempo até que eu parasse de procurá-la com o olhar em toda parte, até que eu me acostumasse com o fato de as tardes terem perdido a forma dela, e até que eu visse e abrisse livros sem me perguntar se eles serviam para a leitura em voz alta. Demorou um tempo até que meu corpo não ansiasse mais pelo dela; às vezes, eu mesmo notava como meus braços e pernas se moviam, procurando-a durante o sono, e mais de uma vez meu irmão contou à mesa que eu teria, durante o sono, chamado por "Hanna". Lembro-me também de aulas na escola em que eu só ficava sonhando com ela, só pensava nela. O sentimento de culpa, que me perturbara nas primeiras semanas, se fora. Eu evitava sua casa, pegava outros caminhos, e, após seis meses, minha família mudou-se para outro bairro. Não que eu tivesse esquecido Hanna. Mas em algum momento a sua lembrança parou de me acompanhar. Ficou para trás, como uma cidade fica para trás quando o trem segue viagem. Ela está ali, em algum lugar atrás de nós, e podemos ir para lá e nos assegurarmos de sua existência. Mas por que deveríamos?

Tenho na lembrança os últimos anos na escola e os primeiros na universidade como anos felizes. Ainda assim, mal posso falar sobre eles. Passaram sem esforço: o vestibular e o estudo de direito, escolhido a partir da irresolução, não foram pesados; amizades, relações amorosas e separações não foram pesadas; nada era pesado para mim. Tudo me saía fácil, tudo era leve. Talvez por isso o rol de lembranças seja tão pequeno. Ou sou eu quem o conserva pequeno? Pergunto-me também se a lembrança feliz é realmente verdadeira. Quando reflito por mais tempo, me vêm à cabeça inúmeras situações embaraçosas e dolorosas, e sei que de fato afastara a lembrança de Hanna, mas não a tinha superado. Nunca mais me humilhar e nunca mais ser humilhado após Hanna, nunca mais me deixar culpar e me sentir culpado, não amar mais ninguém a ponto de sua perda me fazer mal — não pensei nisso claramente naquela época, mas foi o que senti.

Acostumei-me a uma atitude debochada, superior, mostrando-me como alguém a quem nada afetava, abalava, desesperava. Não me metia em nada, e lembro-me de um professor que percebeu isso, falou comigo a respeito, e eu o despachei com arrogância. Também me lembro de Sophie. Logo que Hanna deixou a cidade, Sophie foi diagnosticada como tuberculosa. Passou três anos no sanatório, voltando quando eu acabava de me tornar um estudante universitário. Sentiu-se solitária, procurou contato com velhos amigos, e não tive dificuldade para me insinuar em seu coração. Depois que tínhamos dormido juntos, ela notou que na verdade ela não me interessava e disse entre lágrimas: "O que aconteceu com você, o que aconteceu com você?" Lembro-me de meu avô, quando em uma das minhas últimas visitas antes de sua morte quis me abençoar, e a quem expliquei não acreditar e não dar nenhum valor a isso. Que eu me sentisse bem naquela época após tais comportamentos é difícil de imaginar. Lembro-me também que, diante de pequenos gestos de afeto, sentia um bolo na garganta, fossem os gestos dirigidos a mim ou a outros. Às vezes bastava uma cena de um filme. Essa simultaneidade de frieza e sentimentalismo era suspeita até para mim.

2

Revi Hanna na sala do tribunal.

Não foi o primeiro processo de campos de concentração nem um dos maiores. O professor, um dos poucos que trabalhavam naquela época sobre o passado nazista e os respectivos procedimentos judiciais, o tinha tomado como objeto de um seminário porque esperava poder acompanhá-lo e avaliá-lo por inteiro, com a ajuda dos estudantes. Não sei mais o que ele queria revisar, confirmar ou contestar. Lembro-me de que no seminário houve discussões sobre a proibição de penas retroativas. Bastava o fato de o parágrafo pelo qual os guardas e carrascos dos campos de concentração eram julgados já estar no código penal, na época de seus atos? Ou dependia de como ele foi entendido e cumprido naquela época, e do fato de então ele não se aplicar de modo algum a eles? O que é o direito? O que está no código ou o que é imposto e cumprido de fato na sociedade? Ou é direito aquilo que, estando ou não no código, deveria ser imposto e cumprido, se tudo corresse normalmente? O professor, um velho senhor, regressado do exílio, mas tendo permanecido um solitário entre os estudiosos da ciência jurídica alemã, tomava parte nessas discussões com toda a sua erudição e, ao mesmo tempo, com o distanciamento de quem não baseia a solução de um problema na pura erudição.

— Observem os acusados. Os senhores não acharão um só que realmente acredite que naquela época tivesse permissão para matar.

O seminário começou no inverno, o processo judicial na primavera. Este se estendeu por muitas semanas. Havia sessões de segunda a quinta-feira, e para cada um dos dias o professor tinha separado um grupo de estudantes, que conduziam um protocolo semanal. A sexta-feira era o dia do seminário, quando os acontecimentos da semana que passara eram examinados.

Revisão! Revisão do passado! Nós, estudantes do seminário, nos víamos como a vanguarda do processo de revisão. Abríamos as janelas, deixávamos entrar o ar, o vento que finalmente levantava a poeira que a sociedade deixara assentar sobre os temores do passado. Cuidávamos para que se pudesse respirar e enxergar. Também nós não nos baseávamos na erudição jurídica. Tínhamos certeza de que era preciso julgar. Tanta certeza quanto a de que o julgamento deste ou daquele guarda e carrasco de campo de concentração era apenas o prelúdio. A geração que se serviu dos guardas e carrascos, ou não os impediu, ou não os expulsou pelo menos, quando poderia tê-lo feito depois de 1945, estava diante do tribunal, e nós a julgávamos em um caso de revisão e esclarecimento, condenando-a à vergonha.

Nossos pais tinham representado papéis completamente diversos no Terceiro Reich. Alguns tinham estado na guerra, entre eles dois ou três oficiais da Wehrmacht e um oficial da Waffen-SS, alguns poucos fizeram carreira no Judiciário ou na administração, tínhamos professores e médicos entre nossos pais, e um de nós tinha um tio que fora alto funcionário do Ministério do Interior. Estou certo de que eles, até onde lhes perguntamos e nos responderam, tinham coisas totalmente diferentes para contar. Meu pai não queria falar de si próprio. Mas eu sabia que ele havia perdido sua posição de docente de filosofia ao oferecer um curso sobre Spinoza, e que se mantivera durante a guerra, assim como a nós, como revisor de uma editora de mapas e livros de viagem. Como eu podia chegar a condená-lo? Mas foi o que fiz. Todos condenamos nossos pais à vergonha, mesmo se a única acusação que podíamos fazer era a de que após 1945 tinham tolerado o convívio com criminosos de guerra.

Nós, estudantes do seminário, desenvolvemos uma forte identidade de grupo. Éramos os do seminário dos campos — a princípio os outros estudantes nos chamaram assim e logo nós mesmos também. O que fazíamos não interessava aos outros; causava estranheza em muitos, causava repulsa em alguns, literalmente. Penso agora que a voracidade com que tomamos conhecimento de coisas terríveis e com que quisemos torná-las conhecidas pelos outros era de fato repulsiva. Quanto mais terríveis os acontecimentos sobre os quais líamos e ouvíamos falar, mais certos ficávamos de nossa tarefa de esclarecimento e acusação. Mesmo quando os acontecimentos nos faziam perder a respiração... nós os ostentávamos do alto, triunfantes. Vejam só!

Eu me inscrevera no seminário por pura curiosidade. Era, afinal, algo diferente, nem direito comercial, nem direito criminal ou de propriedade, e nenhuma velharia da filosofia do direito. Também levei para o seminário a atitude debochada de superioridade a que eu me acostumara. Entretanto, no decorrer do inverno, era cada vez mais difícil me livrar — fosse dos acontecimentos sobre os quais líamos e ouvíamos falar, fosse do ímpeto que tomava os estudantes do seminário. A princípio, eu tinha imaginado que queria compartilhar apenas a paixão científica, ou também a política e a moral. Mas eu quis mais, quis compartilhar a paixão geral. Os outros podem ter continuado a me considerar uma pessoa distante e arrogante. Eu mesmo tinha, durante os meses de inverno, a boa sensação de pertencer àquilo e estar em paz comigo e com o que estava fazendo e em relação àqueles com quem estava fazendo.

3

O processo foi em outra cidade, a apenas uma hora de carro. Não havia nenhuma outra razão para ir lá. Um outro estudante ia dirigindo. Ele tinha crescido ali e conhecia o lugar.

Era quinta-feira. O processo tinha começado na segunda. Os três primeiros dias tinham se passado com alegações de parcialidade feitas pela defesa. Éramos o quarto grupo que iria vivenciar, com o interrogatório pessoal dos acusados, o começo do processo propriamente dito.

Sob árvores frutíferas em flor, passávamos ao longo da Bergstrasse. Estávamos bastante animados, cheios de entusiasmo; finalmente poderíamos confirmar aquilo para o que nós nos tínhamos preparado. Não nos sentíamos como meros espectadores, ouvintes e responsáveis pela ata. Assistir, ouvir e anotar a ata eram as nossas contribuições para a missão histórica.

O foro era uma construção da virada do século, mas sem a pompa e o lado sombrio que os prédios de tribunal daquele tempo frequentemente mostravam. O salão em que o júri se reunia tinha uma fileira de janelas grandes à esquerda, cujos vidros opacos impediam que se olhasse para fora, mas deixavam entrar muita luz. Em frente à janela ficavam sentados os promotores públicos, reconhecíveis só pela silhueta em dias claros de primavera ou de verão. O tribunal, três juízes em becas negras e seis jurados, ficava sentado na frente do salão, e à direita era o banco dos acusados e dos advogados de defesa, prolongado com mesas e cadeiras, por causa do grande número, até o meio do salão, diante das fileiras do público. Alguns acusados e advogados de defesa ficavam sentados de costas para nós. Hanna estava sentada de costas para nós. Só a reconheci quando foi chamada, levantou-se e andou para a frente. Claro que reconheci de imediato o nome: Hanna Schmitz. Em seguida reconheci também a figura, a cabeça com o cabelo preso em forma de um coque que estranhei, a nuca, as costas largas e os braços fortes. Mantinha-se erguida numa postura ereta. Estava de pé com firmeza, apoiada em ambas as pernas. Deixava os braços pendentes, frouxos. Estava usando um vestido cinza com mangas curtas. Eu a reconheci, mas não senti nada. Não senti nada.

Sim, ela queria ficar de pé. Sim, tinha nascido no dia 21 de outubro de 1922, perto de Hermannstadt, tendo agora 43 anos de idade. Sim, tinha trabalhado em Berlim na Siemens e tinha ido, no outono de 1943, para a SS.

— A senhora foi voluntariamente para a SS?

— Sim.

— Por quê?

Hanna não respondeu.

— É verdade que a senhora foi para a SS apesar de lhe ter sido oferecido um emprego na Siemens como chefe de seção?

O advogado de defesa de Hanna deu um salto.

— O que quer dizer aqui "apesar"? A que se deve a sugestão de que uma mulher deveria preferir tornar-se chefe de seção na Siemens a ir para a SS? Nada justifica que se faça da decisão de minha cliente objeto de tal pergunta.

Sentou-se. Era o único advogado de defesa jovem, os outros eram velhos; alguns, como logo se evidenciou, antigos nazistas. O advogado de defesa de Hanna evitava os seus jargões e as suas teses. Mas era impetuoso e apressado, de um modo que prejudicava tanto a sua cliente quanto as tiradas nacional-socialistas de seus colegas prejudicavam as deles. Conseguiu realmente que o interrogador se irritasse e parasse com as perguntas para saber por que Hanna fora para a SS. Mas ficou a impressão de que ela tinha ido por vontade própria e sem necessidade. E não mudou em nada essa impressão negativa, quando um dos outros juízes perguntou a Hanna que tipo de trabalho ela esperava encontrar na SS, e ela explicou que a SS tinha recrutado na Siemens mulheres para serviços de vigilância, mas também em outras firmas, em que ela se inscrevera e fora empregada para isso.

O juiz principal fez Hanna confirmar monossilabicamente que serviu até a primavera de 1944 em Auschwitz e até o inverno de 1944/1945 em um pequeno campo de concentração perto de Cracóvia, que tinha partido com os prisioneiros para o oeste até o final da viagem, que perto do fim da guerra ficara em Kassel e, desde então, tinha vivido aqui e ali. Ela tinha morado na minha cidade natal durante oito anos; foi o tempo mais longo que passara em um mesmo lugar.

— A constante mudança de local de residência deve dar fundamento ao risco de fuga? — O advogado mostrava abertamente sua ironia. — Minha cliente registrou-se na polícia, ao chegar e ao sair de cada local de residência. Nada indica que ela pudesse fugir, não há nada que pudesse esconder. Parece insustentável ao juiz de detenção deixar minha cliente em liberdade, diante do peso dos atos denunciados e diante do perigo de agitação pública? Isto, membros da corte, é um motivo de detenção nazista; ele foi introduzido pelos nazistas e abolido depois deles. Não existe mais. — O advogado falava com a satisfação maliciosa com que alguém sublinha uma verdade picante.

Fiquei chocado. Notei que tinha sentido a detenção de Hanna como natural e certa. Não pela acusação, pelo peso da denúncia e pela força da suspeita, de que eu ainda não sabia nada com exatidão, mas sim porque ela estaria na cela fora de meu mundo, fora de minha vida. Queria tê-la bem longe de mim, tão inalcançável que pudesse permanecer a pura lembrança que tinha se tornado para mim nos últimos anos. Se o advogado obtivesse êxito, eu teria de aguardar a hora de encontrá-la e deixar claro o modo como queria e devia encontrá-la. E eu não via como ele poderia não fracassar. Se Hanna até então nunca tentara fugir, por que tentaria agora? E o que poderia esconder? Naquele momento não havia outros motivos para a detenção.

O juiz mostrou-se de novo irritado, e comecei a perceber que este era o seu truque. Sempre que tomava uma declaração como algo que obstruía e aborrecia o processo, tirava os óculos e examinava, com o olhar míope e inseguro, quem havia falado, franzia a testa desconsiderando a declaração ou começando com "O senhor quer dizer" ou "O senhor está tentando dizer", repetindo a declaração de uma maneira que não deixava nenhuma dúvida de que não estava disposto a se ocupar com ela e de que não tinha nenhum sentido tentar obrigá-lo a isso.

— O senhor pretende, portanto, afirmar que o juiz de detenção atribuiu significação errônea à circunstância de que a acusada não reagiu a nenhuma carta e nenhuma intimação, não compareceu nem à polícia, nem à promotoria pública, nem apresentou-se ao juiz? O senhor quer apresentar uma proposta de revogação da ordem de prisão?

O advogado apresentou a proposta, e o tribunal a recusou.

4

Não perdi nem um dia do processo. Os outros estudantes ficavam admirados. O professor elogiava o fato de um de nós cuidar para que o grupo seguinte tomasse conhecimento do que o anterior tinha ouvido e visto.

Só uma vez Hanna olhou para o público e na minha direção. De resto, em todos os dias de processo ela voltava o olhar para o banco do tribunal, após ter sido conduzida por uma chefe da guarda até seu lugar. Isso tinha um efeito que parecia arrogante, assim como o fato de ela não falar com as outras acusadas e quase nunca com o seu advogado. As outras acusadas também conversavam entre si cada vez menos, à medida que o processo se alongava. Nos intervalos do julgamento, ficavam junto a parentes e amigos, acenando e chamando quando os viam de manhã no meio do público. Hanna permanecia sentada em seu lugar nos intervalos do processo.

Eu a via por trás. Via sua cabeça, sua nuca, seus ombros. Lia sua cabeça, sua nuca, seus ombros. Quando se falava dela, mantinha a cabeça especialmente erguida. Quando se sentia tratada injustamente, difamada, atingida, torcendo por uma réplica projetava os ombros para a frente e a nuca se avolumava, deixando à mostra a musculatura contraída para um lado e para o outro. A réplica constantemente era inútil, e constantemente os ombros afundavam. Não balançava nunca os ombros, também nunca sacudia a cabeça. Estava tensa demais para permitir-se a leveza de balançar os ombros ou de sacudir a cabeça. Também não se permitia manter a cabeça torta, abaixá-la ou apoiá-la. Sentava-se como se estivesse congelada. Sentar-se assim deve ser doloroso.

Às vezes soltavam-se fios de cabelo do coque rígido, encrespavam-se, pendiam sobre a nuca e balançavam contra ela na corrente de ar. Às vezes Hanna usava um vestido cujo corte era largo o bastante para mostrar a marca de nascença no ombro esquerdo. Então eu me lembrava de como tinha soprado os cabelos daquele pescoço e de como tinha beijado aquela marca de nascença e a nuca. Mas o lembrar era só registrar. Eu não sentia nada.

Durante o processo de semanas não senti nada, meus sentimentos estavam como que anestesiados. Às vezes eu os provocava, e imaginava Hanna fazendo aquilo de que a acusavam, tão claramente quanto eu podia, e fazendo também o que o cabelo na sua nuca e a marca de nascença em seu ombro me evocavam. Era como se a mão beliscasse o braço anestesiado por uma injeção. O braço não sabe que está sendo beliscado pela mão, a mão sabe que belisca o braço, e no primeiro momento o cérebro não separa as duas coisas. Mas em seguida diferencia novamente com precisão. Talvez a mão tenha beliscado tão forte, que o local fique lívido por um tempo. Depois o sangue retorna e o local recupera sua cor. Mas o sentimento não retorna dessa maneira.

Quem me deu a injeção? Eu mesmo, porque não conseguiria aguentar sem anestesia? A anestesia não tinha efeito apenas na sala do tribunal, e não apenas de modo que eu pudesse presenciar Hanna como se fosse um outro que a tivesse amado e desejado, alguém que eu conhecia bem, mas que não era eu. Eu também ficava perto dos outros, ao meu lado, olhando para mim, via-me na universidade, relacionando-me com meus pais e irmãos, com meus amigos, porém intimamente sem participar de nada.

Após um momento, detectei um entorpecimento semelhante também nos outros. Não nos advogados, que, durante todo o processo, tinham a mesma belicosidade barulhenta, autoritária, uma incisividade pedante ou mesmo uma falta de vergonha gritante, glacial, por temperamento pessoal ou convicção política. Realmente o processo os consumia; à noite estavam mais cansados ou até mais destemperados. Mas no decorrer da noite tinham se recarregado, passando a ressoar e sibilar na manhã seguinte do mesmo modo que na manhã anterior. Os promotores públicos tentavam manter a pose e mostrar, dia após dia, sem diminuição, a mesma mobilização para a batalha. Mas não conseguiam, a princípio não era possível porque os objetos e os resultados do processo os aterrorizavam demais, depois porque o entorpecimento começou a fazer efeito.

O efeito mais forte era sobre os juízes e jurados. Nas primeiras semanas de processo, eles tomavam conhecimento das atrocidades — contadas e confirmadas às vezes entre lágrimas, às vezes com voz insegura, às vezes de modo exaltado ou perturbado — com visível abalo ou também com esforços evidentes de autocontrole. Mais tarde os rostos voltavam ao normal, podiam cochichar sorrindo uma observação, ou mesmo mostrar um sopro de impaciência quando uma testemunha se demorava muito no tema. Quando, no processo, falaram sobre uma viagem a Israel, onde uma testemunha deveria ser buscada, surgiu entre eles a alegria de viajar. Os outros estudantes continuavam sempre horrorizados. Eles vinham uma vez por semana ao julgamento, e a cada vez renovava-se a mesma coisa: o horror invadindo violentamente o cotidiano. Eu, dia a dia no processo, observava suas reações com distanciamento.

Como o prisioneiro do campo de concentração que sobrevivia mês após mês acostumando-se, registrando com indiferença o horror dos recém-chegados. Registrando com o mesmo entorpecimento com que ele percebe o ato de matar e o de morrer. Toda a literatura dos sobreviventes relata esse entorpecimento, sob o qual as funções vitais são reduzidas, as atitudes tornam-se apáticas e egoístas, a câmara de gás e a cremação viram coisas cotidianas. Mesmo nas declarações escassas dos carrascos, encontra-se a câmara de gás e o forno de cremação como ambiente cotidiano, os próprios carrascos reduzidos a poucas funções vitais, e sua desconsideração e apatia, sua estupidez como que anestesiadas ou embriagadas. As acusadas se apresentavam para mim como se estivessem ainda e para sempre aprisionadas nesse entorpecimento, petrificadas nele de algum modo.

Já naquela época esta generalidade do entorpecimento me preocupava, assim como o fato de o entorpecimento não ter atingido apenas os carrascos e as vítimas, mas estar também em nós, como juízes ou jurados, promotores ou escrivães, que passamos a ter alguma coisa a ver com isso. Quando eu comparava carrascos, vítimas, mortos, vivos, sobreviventes e descendentes, não me sentia bem, e ainda agora não me sinto bem. É possível vê-los desse modo? Quando, numa conversa, faço a tentativa de uma tal comparação, ressalto sempre que a generalidade do entorpecimento não relativiza a distinção que há entre os que foram forçados para o mundo dos campos de concentração e os que os conduziram a ele, os que sofreram e os que provocaram sofrimento, ressalto que a distinção, pelo contrário, é decisiva e da maior importância. Mas mesmo quando eu dizia isso sem refletir, sem esperar a objeção dos interlocutores, embora previsse suas reações, eu me chocava com sua estranheza e indignação.

Ao mesmo tempo me pergunto e já me perguntava naquela época: o que a minha geração deve e deveria fazer com as informações sobre as atrocidades do extermínio dos judeus? Não devemos ter a pretensão de compreender o que é incompreensível, não temos o direito de comparar o que é incomparável, não temos o direito de investigar, porque quem investiga, mesmo sem colocar nas perguntas as atrocidades, faz delas objeto da comunicação, não as tomando como algo diante do que só se pode emudecer, horrorizado, envergonhado e culpado. Devemos apenas emudecer, horrorizados, envergonhados e culpados? Com que fim? Não que o ímpeto da revisão e do esclarecimento em que eu tomara parte no seminário simplesmente tivesse se perdido. Mas uns poucos sendo julgados e condenados, e nós, a geração seguinte, ficando mudos, horrorizados, envergonhados e culpados — devia ser assim?

5

Na segunda semana a acusação foi lida. A leitura durou um dia e meio — um dia e meio no subjuntivo. Alega-se que a acusada número um tenha..., além disso que tenha feito..., que mais tarde..., que assim tenha efetivado o corpo de delito do parágrafo tal e tal, incluindo este corpo de delito e aquele..., alega-se também que ela tenha agido ilegalmente, sendo culpada. Hanna era a acusada número quatro.

As cinco mulheres acusadas tinham sido guardas em um pequeno campo de concentração perto de Cracóvia, um campo ligado a Auschwitz. Elas foram transferidas de Auschwitz para lá na primavera de 1944; substituíam guardas que tinham sido mortas ou feridas na explosão de uma fábrica, na qual as mulheres do campo de concentração trabalhavam. Um dos itens da acusação dizia respeito à conduta delas em Auschwitz, mas perdeu a gravidade graças aos outros itens. Não sei mais qual era. Não envolvia

Hanna, apenas as outras mulheres? Era de menor gravidade, comparado aos outros itens da acusação ou mesmo sem levá-los em conta? Parecia simplesmente insustentável ter alguém que estivera em Auschwitz no banco dos réus e condená-lo por outro motivo que não sua conduta em Auschwitz?

É claro, as cinco acusadas não dirigiram o campo de concentração. Havia um comandante, tropas especiais e outras guardas. A maioria dos soldados e das guardas não tinha sobrevivido ao bombardeio, que, numa noite, acabou com o transporte de prisioneiros para o oeste. Alguns tinham ido embora na mesma noite, sendo impossível encontrá-los, e também era impossível encontrar o comandante, que já havia fugido de lá quando começou o transporte para o oeste.

Das prisioneiras, de fato esperava-se que nenhuma teria sobrevivido à noite de bombardeio. No entanto havia duas sobreviventes, mãe e filha, tendo a filha escrito um livro sobre o campo de concentração e a marcha para o oeste, que foi publicado nos Estados Unidos. A polícia e a promotoria tinham seguido as pistas não só das cinco acusadas, como também de algumas testemunhas que viviam no povoado onde as bombas interromperam o transporte de prisioneiros para o oeste. As testemunhas mais importantes eram a filha, que voltara para a Alemanha, e a mãe, que permanecera em Israel. Para o interrogatório da mãe, a corte, os promotores e os advogados de defesa encaminharam-se a Israel — única parte do processo que não acompanhei.

Um item principal da acusação dizia respeito às seleções no campo de concentração. A cada mês eram enviadas de Auschwitz cerca de sessenta mulheres, e a mesma quantidade devia ser mandada de volta para Auschwitz, subtraindo-se aquelas que morressem no intervalo. Para todos, era claro que as mulheres seriam assassinadas em Auschwitz; aquelas que não podiam mais ser empregadas no trabalho da fábrica seriam mandadas de volta. Tratava-se de uma fábrica de munição, em que o trabalho propriamente dito na verdade não era pesado, e que, todavia, as mulheres quase não chegavam a fazer, tendo de trabalhar pesado como operárias, na recuperação dos danos da explosão na primavera.

O outro item principal da acusação dizia respeito à noite do bombardeio, quando tudo chegou ao fim. As tropas de soldados e as guardas tinham reunido as prisioneiras, centenas de mulheres, na igreja de um povoado que fora abandonado pela maioria dos moradores. Caíram apenas algumas bombas, talvez dirigidas a uma linha de trem próxima, ou a uma fábrica, ou talvez lançadas somente porque tinham sobrado do ataque a uma cidade maior. Uma delas atingiu a casa do pastor, onde os soldados e as guardas estavam dormindo. Uma outra explodiu na torre da igreja. Primeiro a torre queimou-se, depois o telhado, depois as vigas em chamas despencaram na nave da igreja e os bancos começaram o fogo. As portas pesadas mantiveram-se intactas. As acusadas poderiam tê-las aberto. Não o fizeram, e as mulheres trancadas na igreja morreram incineradas.

6

Para Hanna o processo não poderia ter sido pior. Já em seu interrogatório ela não causou uma boa impressão ao tribunal. Após a leitura da acusação, pediu a palavra, porque alguma coisa não estava correta; o juiz principal a repreendeu com irritação, afirmando que ela estudara por tempo suficiente a acusação, antes da abertura da parte principal do julgamento, e teve a chance de fazer suas objeções, e o que era correto ou incorreto na acusação seria demonstrado pelas provas apresentadas. Quando, ao iniciarem a apresentação das provas, o juiz que presidia à sessão aconselhou que se abdicasse da leitura da versão em alemão do livro da filha, pois esta, preparada para a publicação por uma editora alemã, estava acessível em manuscrito a todos os envolvidos, Hanna teve de ser convencida por seu advogado, sob o olhar irritado do juiz, a concordar com as explicações. Ela não queria. Também não queria aceitar ter admitido, em um inquérito judicial anterior, que teve nas mãos a chave da igreja. Não teve a chave, ninguém tinha a chave, não havia chave da igreja, mas várias chaves para várias portas, e elas estavam nas fechaduras pelo lado de fora. Porém, no protocolo de seu inquérito judicial, lido e assinado por ela, estava diferente, e o fato de ela perguntar por que queriam incriminá-la de algo não ajudou em nada. Não perguntou num tom muito alto ou arrogante, mas com perseverança, portanto, segundo penso, numa confusão e num desamparo visíveis e audíveis, e o fato de dizer que queriam incriminá-la não teve a intenção de censura à probidade do tribunal. Mas o juiz central entendeu assim e reagiu com severidade. O advogado de Hanna deu um salto e começou a falar, de modo esforçado e apressado; contudo, ao lhe perguntarem se encampava a censura de sua cliente, sentou-se de novo.

Hanna queria fazer a coisa certa. Quando achava que a acusavam injustamente, ela discordava, e admitia o que, a seu ver, era afirmado e alegado com acerto. Discordava com perseverança e estava pronta a admitir, como se ganhasse pela admissão o direito de discordar, ou quando recebia, com a discordância, a tarefa de admitir o que não podia negar literalmente. Mas não notava que a sua perseverança irritava o juiz. Ela não tinha nenhum senso do contexto, das regras segundo as quais se agia, das fórmulas segundo as quais suas declarações e as dos outros eram computadas como culpa e inocência, condenação e absolvição. Seu advogado precisaria ter, para compensar sua falta de senso da situação, mais experiência e segurança, ou precisaria simplesmente ser melhor. Ou Hanna deveria não ter tornado as coisas tão difíceis para ele; era evidente que ela não confiava nele, porém não tinha escolhido nenhum advogado em quem confiasse. Seu advogado era um defensor público indicado pelos juízes.

Às vezes, Hanna alcançava algum êxito. Lembro-me de seu interrogatório acerca das seleções nos campos de concentração. As outras acusadas negaram ter tido, em qualquer momento, qualquer coisa a ver com o assunto. Hanna admitiu tão prontamente ter tomado parte, não sozinha, mas tal como as outras e junto a elas, que o juiz concluiu ter de insistir nela.

— Como se davam as seleções?

Hanna explicou que as guardas concordaram entre si em retirar dez prisioneiras de cada um dos seis grupos que estava sob sua responsabilidade, num total de sessenta — número que poderia, entretanto, oscilar, se houvesse menos casos de doença em uma área e mais na outra —, e que todas as guardas em serviço julgavam no final quem devia ser mandada de volta.

— Nenhuma das senhoras se recusou, as senhoras agiram todas em conjunto?

— Sim.

— As senhoras não sabiam que estavam mandando as prisioneiras para a morte?

— Sim, mas as novas vinham, e as velhas tinham que dar lugar para as novas.

— Portanto as senhoras, porque queriam criar novos lugares, disseram: Você e você e você têm de ser mandadas de volta e assassinadas?

Hanna não entendeu o que o juiz queria perguntar com aquilo.

— Eu... eu quero dizer... O que o senhor teria feito?

Esta pergunta foi levada a sério por Hanna. Ela não sabia o que devia ter feito de diferente, o que podia ter feito de diferente, e por isso queria ouvir do juiz, que parecia saber tudo, o que ele teria feito.

Durante um momento tudo ficou em silêncio. Não faz parte do sistema jurídico alemão os acusados fazerem perguntas a juízes. Mas a pergunta já estava feita, e todos esperavam pela resposta do juiz. Ele tinha de responder, não podia deixar passar a pergunta ou apagá-la com uma repreensão ou uma contrapergunta que a desqualificasse. Para todos estava claro, para ele mesmo estava claro, e eu entendi por que ele fizera da expressão de irritação o seu truque. Tinha feito daquilo sua máscara. Atrás dela podia ganhar um pouco de tempo, para achar a resposta. Mas não muito; quanto mais esperava, maior era a tensão e a expectativa, e melhor tinha de ser a resposta.

— Existem coisas a que não se pode simplesmente dar consentimento, e às quais temos que nos recusar, se não custarem o corpo e a vida.

Talvez fosse o bastante, se ele tivesse dito a mesma coisa se referindo a Hanna, ou a si mesmo. Falar do que se deve ou do que não se deve e do que aquilo custa não fazia justiça à seriedade da pergunta de Hanna. Ela quisera saber o que deveriam ter feito naquela situação, não que existem coisas que não fazemos. A resposta do juiz teve um efeito de desamparo lamentável. Todos sentiram. Reagiram com suspiros de desapontamento, olhando espantados para Hanna, que de algum modo havia ganhado a discussão. Mas ela mesma permaneceu pensativa.

— Então eu deveria... não deveria... não deveria ter me inscrito na Siemens?

Não era nenhuma pergunta para o juiz. Ela falou para si mesma, hesitante, porque nunca se fizera a pergunta e não sabia dizer se aquela era a pergunta certa e qual era a resposta.

7

Assim como a perseverança nas respostas de Hanna irritava o juiz, a sua prontidão em admitir irritou as outras acusadas. Para a defesa delas, mas também para a defesa da própria Hanna, tal prontidão era fatal.

Na verdade, a apresentação das provas foi favorável às acusadas. No final, as provas relacionadas ao primeiro item da acusação eram o testemunho da mãe sobrevivente, de sua filha e o livro desta. Uma boa defesa teria sido capaz de, sem atacar a substância dos depoimentos de mãe e filha, pôr em dúvida plausivelmente a alegação de que as acusadas tinham conduzido as seleções. Neste ponto, os depoimentos das testemunhas não eram precisos, nem podiam ser; sempre havia um comandante, soldados, outras guardas e uma hierarquia de tarefas e comandos, com a qual as prisioneiras só eram confrontadas parcialmente e que por isso mesmo só podiam perceber de maneira parcial.

Tudo correu de modo semelhante quanto ao segundo item da acusação. Mãe e filha tinham sido recolhidas à igreja, não podendo dar nenhum depoimento acerca do que se passou do lado de fora. De fato, as acusadas não podiam alegar que não estavam no local. As outras testemunhas, que naquela época viviam no povoado, tinham falado com elas e lembravam-se de seus rostos. Mas essas outras testemunhas tinham de tomar cuidado para que não recaísse sobre elas a acusação de que poderiam ter salvado as prisioneiras. Se só estavam lá as acusadas... Os moradores do povoado não poderiam dominar as poucas mulheres e abrir a porta da igreja? Eles não tinham de seguir a linha da defesa, afirmando que as acusadas agiam sob uma coação que se estendia também a eles, testemunhas? Que foram submetidos à violência ou ao comando de soldados que não tinham fugido, ou que as acusadas supunham, naquele momento, estarem ausentes por pouco tempo, só para levar os feridos ao atendimento médico, e que voltariam logo?

Quando os advogados de defesa deram a entender às outras acusadas que tal estratégia fora prejudicada pela pronta admissão de Hanna, assentiram numa outra estratégia, que usava a pronta admissão para incriminar Hanna e assim inocentar as outras acusadas. Os advogados de defesa fizeram isso com distanciamento profissional. As outras acusadas os acompanhavam com veemência.

— A senhora disse que sabia estar mandando as prisioneiras para a morte; isso vale apenas para a senhora, não é verdade? O que era do conhecimento de suas colegas a senhora não pode saber. Pode talvez supor, mas não pode fazer um julgamento definitivo, não é?

Hanna era interrogada pelo advogado de uma outra acusada.

— Mas todas nós sabíamos...

— Dizer "nós", "todas nós" é mais fácil do que dizer "eu", "eu sozinha", não é? É verdade que a senhora, a senhora sozinha, tinha as suas protegidas no campo de concentração, garotas jovens, uma por algum tempo, depois outra?

Hanna hesitou.

— Acho que não fui a única...

— Sua mentirosa imunda! Eram suas favoritas; era só você, só você! — Uma outra acusada, mulher rude, roliça como uma galinha, e ao mesmo tempo com uma loquacidade cheia de raiva, estava visivelmente exaltada.

— É possível que a senhora esteja dizendo "saber" onde pode apenas acreditar, e "acreditar" onde pode apenas supor? — O advogado balançou a cabeça, como se estivesse preocupado com a possibilidade de ela assentir. — É verdade também que todas as suas protegidas, quando a senhora se cansava delas, iam no próximo transporte para Auschwitz?

Hanna não respondeu.

— Essa era a sua seleção especial, pessoal, não é? A senhora não quer mais relembrá-la, quer ocultá-la sob algo que todos fizeram. Mas...

— Meu Deus! — A filha, que tinha sentado entre os espectadores após seu interrogatório, pôs as mãos diante do rosto. — Como é que eu pude esquecer isso?

O juiz principal perguntou se ela queria complementar seu depoimento. Ela não esperou até ser chamada para a frente. Levantou-se e falou de seu lugar, no meio dos espectadores.

— Sim, ela tinha favoritas, sempre uma das mais jovens, fraca e frágil, que acolhia sob sua proteção, cuidando para que ela não tivesse de trabalhar, acomodando-a melhor, tomando conta dela e alimentando-a melhor, e de noite a levava para ficar com ela. E as garotas não podiam dizer o que faziam com ela de noite, e pensávamos que ela... também porque todas acabavam no transporte, como se ela tivesse se divertido com as garotas até ficar satisfeita. Mas não era assim, um dia uma delas contou, e ficamos sabendo que as garotas liam em voz alta para ela, noite após outra. Isso era melhor do que se ela... também era melhor do que se elas tivessem trabalhado na construção até a morte. Eu devo ter pensado que era melhor, senão como poderia não ter esquecido? Mas era mesmo melhor?

Ela sentou-se.

Hanna virou-se e olhou para mim. Seu olhar me achou imediatamente, e assim reparei que ela soubera o tempo todo da minha presença. Simplesmente olhou para mim. Seu rosto não pedia nada, não procurava angariar nenhuma simpatia, não confirmava nem prometia nada. Ele se expunha. Percebi o quanto estava tensa e esgotada. Tinha olheiras, e em cada lado do rosto uma ruga que eu não conhecia, que atravessava a face de cima para baixo, e não era profunda, porém marcava o rosto como uma cicatriz. Quando fiquei vermelho sob seu olhar, ela o desviou, virando-se novamente em direção ao banco do tribunal.

O juiz principal quis saber, do advogado que interrogara Hanna, se ele ainda tinha perguntas para a acusada. Quis saber do advogado de Hanna. Pergunte a ela, pensei. Pergunte a ela se escolheu as meninas fracas e frágeis porque elas não aguentariam de modo algum o trabalho na construção, porque de qualquer modo iriam no próximo transporte para Auschwitz e porque queria tornar o último mês suportável para elas. Diga isso, Hanna. Diga que queria tornar o último mês suportável para elas. Que este era o motivo para escolher as meninas frágeis e fracas. Que não havia outro motivo, não podia haver.

Mas o advogado não fez mais perguntas a Hanna, e ela não declarou nada por si mesma.

8

A versão alemã do livro que a filha tinha escrito sobre seu tempo no campo de concentração só foi publicada depois do processo. Durante o processo o manuscrito realmente estava disponível, mas apenas para os envolvidos. Tive de ler o livro em inglês, na época um exercício cansativo e inabitual. E, como sempre, a língua estrangeira, não dominada e com a qual se luta, produziu uma particular concomitância de distanciamento e aproximação. Lê-se o livro com especial profundidade e, no entanto, não é possível apropriar-se dele. Permanece tão estrangeiro quanto a língua estrangeira.

Anos depois o reli e descobri que o próprio livro produz distanciamento. Ele não convida à identificação e não torna ninguém simpático, nem a mãe, nem a filha, nem as pessoas com quem ambas dividiram o destino em diferentes campos de concentração, no final em Auschwitz e perto de Cracóvia. As líderes dos pavilhões, guardas e soldados da tropa nunca ganham figura e rosto suficientemente distintos para que o leitor possa relacionar-se com eles, achá-los melhores ou piores. Respira-se o entorpecimento que já tentei descrever. Mas a capacidade de registrar e analisar não foi perdida pela filha sob efeito do entorpecimento. E ela não se deixou corromper, nem pela autocompaixão, nem pela autoconsciência, perceptivelmente conquistadas pelo fato de ter sobrevivido, e não só ter aguentado os anos no campo de concentração, mas também ter dado a eles uma forma literária. Ela escreve sobre si mesma e sua puberdade, seu comportamento precoce e, quando preciso, malicioso, tudo isso com a mesma sobriedade com que descreve todo o resto.

Hanna não aparece no livro, nem o nome, nem mesmo de modo reconhecível e identificável. Às vezes, acreditei reconhecê-la em uma guarda, descrita como uma mulher jovem, bonita e inescrupulosamente conscienciosa no cumprimento de suas tarefas, mas eu não podia ter certeza. Observando as outras acusadas, só Hanna podia ser a guarda descrita. Mas havia outras. Num campo de concentração, a filha convivera com uma delas que era chamada de "égua", mulher jovem, bonita e cheia de virtudes, mas do mesmo modo cruel e incontrolável. A guarda no campo de que trata o livro fazia a filha recordar aquela. Será que outros também fizeram a mesma comparação? Será que Hanna sabia disso, lembrou-se, e por isso se irritou quando eu a comparei a um cavalo?

O campo de concentração perto de Cracóvia foi, para mãe e filha, a última estação após Auschwitz. Foi um progresso; o trabalho era pesado, porém mais leve do que antes, a comida era melhor, e era melhor dormir num quarto em grupos de seis mulheres do que num barracão com centenas de pessoas. E era mais quente; as mulheres podiam apanhar e carregar lenha no caminho da fábrica para o campo de concentração. Havia o medo da seleção. Mas mesmo isso não era tão forte quanto em Auschwitz. Sessenta mulheres eram mandadas de volta todo mês, sessenta selecionadas dentre aproximadamente 1.200; com isso tinha-se, mesmo ali, uma expectativa de vida de vinte meses caso a pessoa tivesse uma força de trabalho mediana, e podia-se sempre ter esperança de ser mais resistente do que a média. Além disso, era possível ficar na expectativa de que a guerra chegaria ao fim em menos de vinte meses.

A desgraça começou com a dissolução do campo e a partida das prisioneiras para o oeste. Era inverno, nevava, e a roupa — na qual as mulheres tinham gelado na fábrica e conseguido mais ou menos suportar dentro do campo de concentração — era totalmente inadequada. E ainda mais inadequados eram os calçados, na maioria das vezes feitos de retalhos de pano e papel de jornal, colados de tal modo que ficavam firmes para andar ou descansar, mas não firmes o suficiente para aguentar longas marchas sobre a neve e o gelo. As mulheres também não apenas marchavam; elas eram forçadas a correr. "Marcha da Morte?", pergunta a filha no livro, e responde: "Não; Trote da Morte, Galope da Morte." Muitas desabaram no caminho, outras não se levantaram mais após as noites que passaram em um celeiro, ou mesmo encostadas num muro. Depois de uma semana, quase a metade das mulheres estava morta.

A igreja era um abrigo melhor do que os celeiros e muros que as mulheres haviam tido antes. Quando chegavam a fazendas desertas, para passar a noite, os soldados e as guardas ocupavam as casas. Aqui, na amplitude de um povoado abandonado, podiam pegar a casa do pastor para eles, deixando para as prisioneiras nada além de um celeiro ou um muro. O fato de terem feito isso e de haver no povoado algo para comer pareceu o prenúncio do fim da desgraça. Foi desse modo que as mulheres adormeceram. Um pouco mais tarde caíram as bombas. Enquanto apenas a torre estava pegando fogo, ouvia-se o incêndio mas não era possível vê-lo. Quando a ponta da torre desabou, caindo no telhado, passaram-se ainda alguns minutos até que o brilho do fogo ficasse visível. Então também as chamas desceram, incendiando roupas, as vigas que desabavam queimando puseram fogo nos assentos e no púlpito, e em seguida todo o telhado despencou para dentro da nave da igreja, lançando labaredas para todos os lados.

A filha acha que as mulheres poderiam ter se salvado se naquele momento juntassem forças para derrubar uma das portas. Mas até se darem conta do que se passava, do que iria acontecer e de que ninguém viria abrir as portas, era tarde demais. Foi no escuro da noite que o choque das bombas as despertou. Durante um momento elas ouviram apenas, vindo da torre, um ruído esquisito, amedrontador, e ficaram completamente caladas, a fim de ouvi-lo melhor e entender o que era. O fato de que o ruído era o crepitar e estalar de um fogo, de serem chamas aquilo que uma vez ou outra brilhava claramente pela janela, de o choque acontecido sobre suas cabeças significar o fogo da torre tomando conta do telhado — tudo isso as mulheres só compreenderam quando o telhado já se incendiava. Compreenderam e gritaram, gritaram aterrorizadas, gritaram por socorro, lançaram-se para as portas balançando-as, batendo contra elas, gritando cada vez mais.

Quando o telhado em chamas despencou na nave da igreja, o invólucro das paredes concentrou o fogo como uma lareira. A maioria das mulheres não foi sufocada, e sim queimada nas labaredas altas e claras. No final, o fogo tinha atravessado até as portas da igreja trancadas a ferro, queimando e derretendo tudo. Mas isso foi horas mais tarde.

Mãe e filha sobreviveram porque a mãe, pelas razões erradas, fez a coisa certa. Quando as mulheres entraram em pânico, ela não pôde mais suportar ficar entre elas. Fugiu para a galeria. Era-lhe indiferente que ali estivesse mais perto das chamas, só queria estar sozinha, longe das mulheres gritando, correndo de um lado para o outro e pegando fogo. A galeria era estreita, tão estreita que quase era atingida pelas vigas queimando. Mãe e filha ficaram apertadas na parede, vendo e ouvindo a fúria do fogo. No dia seguinte não ousaram descer e sair. Na escuridão da noite seguinte, temeram não achar os degraus da escada e o caminho para fora. Quando saíram da igreja, no crepúsculo cinzento do segundo dia, encontraram alguns moradores do povoado que as olhavam assombrados, sem ação e sem palavras, mas deram-lhes roupas e comida e as deixaram ir embora.

9

— Por que a senhora não destrancou a porta?

O juiz principal fez a mesma pergunta para as acusadas, uma após outra. Uma após outra, elas davam a mesma resposta. Afirmavam que não a podiam destrancar. Por quê? Uma delas respondia que foi ferida no bombardeio à casa do pastor. Ou que ficou em estado de choque pelo bombardeio. Ou que estava ocupada com as guardas e os soldados feridos, após o bombardeio, retirando-os das ruínas, fazendo curativos, cuidando deles. Dizia que não pensou na igreja, não esteve perto, não viu o incêndio na igreja e não ouviu os chamados que vinham de lá.

O juiz principal fez as mesmas anotações sobre todas as acusadas, uma após outra. O relatório sugere outra coisa. Tudo foi formulado premeditada e cuidadosamente. Seria falso dizer que no relatório achado nos arquivos da SS havia algo diferente do que elas respondiam. Mas era certo que ele sugeria outra coisa. Listava nominalmente os que foram mortos e os que foram feridos na casa do pastor, quem tinha transportado os feridos num caminhão para o atendimento médico e quem acompanhara o transporte no jipe. Informava que as guardas haviam ficado para trás, a fim de esperar o fim do incêndio, evitando o alastramento e prevenindo qualquer tentativa de fuga sob a proteção do incêndio. Informava a morte das prisioneiras.

O fato de os nomes das acusadas não estarem entre os nomes listados levava a crer que elas faziam parte do grupo de guardas que ficou para trás. O fato de as guardas terem ficado para evitar tentativas de fuga levava a crer que nem tudo tinha acabado com a retirada dos feridos, saídos da casa do pastor, e o transporte para o atendimento médico. As que ficaram para trás tinham, assim estava sugerido, deixado a igreja queimar e mantido as portas trancadas. Entre aquelas deixadas para trás encontravam-se, assim estava sugerido, as acusadas.

Não, disseram as acusadas, uma a uma, não foi assim que aconteceu. O relatório era falso. E o que já se via pelo fato de ele falar da tarefa, executada pelas guardas, de evitar o alastramento do incêndio. Como elas deveriam realizar essa tarefa? Era algo que não fazia sentido, e da mesma maneira a outra tarefa, a de evitar tentativas de fuga sob a proteção do incêndio, era algo que não fazia sentido. Tentativas de fuga? Na hora em que elas não precisavam mais se ocupar com seu próprio pessoal e poderiam se ocupar com as prisioneiras, não restava mais nada, ninguém para fugir. Não, o relatório falsifica total e absolutamente o que elas afirmavam ter feito, aguentado e sofrido naquela noite. Como podiam ter escrito um relatório falso? Elas também não sabiam.

Até que chegou a vez da acusada roliça e loquaz. Ela sabia.

— Pergunte àquela ali! — Apontou com o dedo para Hanna. — Foi ela quem escreveu o relatório. Ela é culpada de tudo, ela sozinha, e com o relatório queria encobrir tudo e nos envolver!

O juiz principal perguntou para Hanna. Mas foi a sua última pergunta. A primeira foi:

— Por que a senhora não destrancou as portas?

— Nós estávamos... tínhamos... — Hanna procurou pela resposta. — Não sabíamos agir de outro modo.

— Não sabiam agir de outro modo?

— Alguns de nosso pessoal estavam mortos e os outros foram embora. Disseram que levariam os feridos para o atendimento médico e voltariam, mas eles sabiam que não iam voltar, e nós também sabíamos. Talvez eles não tenham ido nem para o atendimento médico, os feridos não estavam tão machucados assim. Teríamos ido junto, mas eles disseram que os feridos precisavam dos lugares, e de qualquer jeito não... não estavam, de qualquer modo, satisfeitos em ter de andar com tantas mulheres. Não sei para onde foram.

— O que as senhoras fizeram?

— Não soubemos o que devíamos fazer. Tudo aconteceu tão depressa, a casa do pastor pegando fogo e a torre da igreja, e os homens e carros ainda estavam lá, e logo depois tinham ido embora, e de repente estávamos sozinhas com as mulheres na igreja. Eles tinham deixado algumas armas, mas não sabíamos usá-las, e se soubéssemos... em que isso nos ajudaria, umas poucas mulheres? Como deveríamos guardar todas aquelas mulheres? Um bando de gente assim é muito grande, mesmo se fosse possível mantê-los juntos e formar uma longa fileira, seriam necessárias muitas de nós. — Hanna fez uma pausa. — Então começou a gritaria e foi ficando cada vez pior. Se tivéssemos aberto as portas naquele momento e todas corressem para fora...

O juiz principal esperou um momento.

— As senhoras tinham medo? Tinham medo de que as prisioneiras as dominassem?

— Medo de que elas nos... não, mas como poderíamos ter restabelecido a ordem? Teríamos uma confusão com a qual não seria possível lidar. E se elas tivessem tentado fugir...

De novo, o juiz principal esperou, mas Hanna não terminou a frase.

— As senhoras tinham medo, no caso de fuga, de serem presas, julgadas e fuziladas?

— Não podíamos simplesmente deixá-las fugir! Éramos responsáveis... Quero dizer, tínhamos vigiado durante todo o tempo, no campo de concentração e no transporte, era esse o sentido, o de vigiá-las para que não fugissem. Por isso é que não soubemos o que devíamos fazer. Também não sabíamos quantas mulheres sobreviveriam nos dias seguintes. Já tinham morrido tantas, e as que sobreviveram também estavam tão fracas...

Hanna notou que não ajudava em nada o seu caso com o que estava dizendo. Mas não podia dizer outra coisa. Só podia tentar dizer melhor o que estava dizendo, descrever e explicar melhor. Mas, quanto mais dizia, ainda pior parecia seu caso. Como não sabia mais o que fazer, dirigiu-se novamente ao juiz.

— O que o senhor teria feito, então?

Mas desta vez ela mesma tinha certeza de que não receberia nenhuma resposta. Não esperava nenhuma resposta. Ninguém esperava uma resposta. O juiz principal sacudiu a cabeça, mudo.

Não que fosse impossível imaginar a indecisão e o desamparo que Hanna estava descrevendo. A noite, o frio, a neve, o fogo, a gritaria das mulheres na igreja, o desaparecimento daqueles que davam ordens às guardas e tinham-nas escoltado — como tal situação podia ser fácil? Mas será que o vislumbre do quanto a situação era difícil podia relativizar o terror causado pelo que as acusadas fizeram, ou pelo que deixaram de fazer? Como se fosse o caso de um acidente de carro, acontecido numa estrada deserta, numa noite gelada de inverno, com feridos e perda total, onde não se sabe o que fazer? Ou como se dissesse respeito a um conflito entre dois deveres que exigissem uma ação? Assim poderíamos, mas não queríamos, imaginar o que Hanna descrevia.

— Foi a senhora quem escreveu o relatório?

— Ficamos discutindo juntas o que devíamos escrever. Não queríamos pôr a culpa nas pessoas que tinham ido embora. Mas também não queríamos que nos acusassem de ter feito algo errado.

— A senhora afirma, portanto, que foi uma discussão em conjunto. Quem escreveu?

— Você! — A outra acusada apontou novamente com o dedo para Hanna.

— Não, eu não escrevi. Tem importância quem foi que escreveu?

Um promotor aconselhou que um perito fizesse a comparação entre a letra escrita no relatório e a letra da acusada Schmitz.

— Minha letra? Os senhores querem a minha letra...

O juiz principal, o promotor público e o advogado de Hanna discutiram se a letra de uma pessoa podia manter a identidade e ser reconhecível num intervalo de mais de quinze anos. Hanna ficou ouvindo e tentou várias vezes dizer ou perguntar algo, estando perceptivelmente alarmada. Então disse:

— Os senhores não precisam buscar nenhum perito. Eu confesso que escrevi o relatório.

10

Não tenho nenhuma lembrança das sessões do seminário às sextas-feiras. Mesmo quando volto ao julgamento em minha imaginação, não me vem à cabeça a matéria que estudamos. Sobre o que falamos? O que queríamos saber? O que o professor nos ensinava?

Mas lembro dos domingos. Os dias no tribunal me deram uma avidez nova de cores e ruídos da natureza. Às sextas e sábados reexaminava o que tinha ficado acumulado nos outros dias da semana, em termos de estudo, de modo a conseguir dar conta dos deveres e completar os créditos do semestre. Aos domingos eu saía liberado de tudo.

Heiligenberg, basílica de São Michel, torre de Bismark, o Caminho do Filósofo, a margem do rio — mudei muito pouco meu itinerário, domingo após domingo. Encontrava suficiente variedade vendo o verde a cada semana mais saturado e as planícies do Reno, às vezes sob o mormaço produzido pelo calor, outras vezes por trás de cortinas de chuva ou debaixo de nuvens carregadas, e cheirando na floresta os cachos de frutas e as flores quando o sol ardia sobre elas, e também a terra e as folhas em decomposição da estação passada, quando estava chovendo. Em geral não preciso de muita variedade, nem a procuro. Na viagem seguinte indo um pouco além da anterior, nas férias seguintes indo ao lugar que descobri nas férias anteriores e que me agradou — durante algum tempo achei que tinha de ser mais audacioso, obrigando-me a ir ao Sri Lanka, Egito e Brasil, antes de voltar a concordar em tornar as regiões familiares ainda mais familiares. Nelas eu vejo mais.

Reencontrei na floresta o local onde o segredo de Hanna se mostrou pela primeira vez. Não tinha nada de especial, e naquela época também não tivera nada de especial, nenhuma árvore particularmente alta ou um penhasco, nenhuma vista incomum da cidade e da planície, nada que convidasse a fazer associações surpreendentes. Ao refletir sobre Hanna circulando no mesmo bonde semana após semana, um pensamento tinha surgido, tinha seguido seu próprio caminho e, por mim, trouxera à tona seu resultado. Quando ele estava preparado, pronto, estava preparado — poderia ter sido em qualquer lugar, ou pelo menos em qualquer lugar onde a familiaridade da região e da circunstância permitisse a percepção e a aceitação do que era espantoso, que não vem de fora, mas cresce do interior. Assim, aconteceu num caminho que sobe a montanha íngreme, atravessa a estrada, passa por um poço, levando, enfim, por baixo de árvores velhas, altas e escuras, a um bosque de arbustos.

Hanna não sabia ler nem escrever.

Por isso pedia que lessem para ela em voz alta. Por isso confiara a mim, em nossa viagem de bicicleta, as tarefas de ler e escrever e tinha ficado fora de si naquela manhã, no hotel, ao achar meu bilhete, pressentindo minha expectativa de que ela entendesse e temendo assim revelar seu segredo. Por isso ela tinha recusado a promoção na companhia de bondes; sua fraqueza, que podia ser escondida como cobradora, teria ficado evidente quando treinasse para ser motorneira. Por isso tinha recusado a promoção na Siemens e tornara-se guarda. Por isso, para opor-se à confrontação com a perícia, confessara ter escrito o relatório. Teria sido por isso que ela se pôs a perder, falando durante o processo? Como não tinha lido o livro da filha, nem a acusação, não pudera ver as chances de sua defesa nem preparar-se convenientemente? Será que enviara por isso as suas protegidas para Auschwitz? Para mantê-las caladas, caso notassem algo? E será que por isso tinha escolhido as moças mais fracas para serem suas protegidas?

Por isso? O fato de se envergonhar por não saber ler nem escrever, de confundir-me para não se expor, eu podia entender. Eu mesmo compreendia ter a vergonha como motivo para atitudes desviantes, defensivas, obscuras e dissimuladas, mesmo as que magoavam. Mas poderia a vergonha de Hanna por não saber ler nem escrever ser o motivo de seu comportamento no processo e no campo de concentração? Por medo de ser desmascarada como analfabeta, ser desmascarada como criminosa? Cometer crimes por medo de ser desmascarada como analfabeta?

Quantas vezes me fiz essas mesmas perguntas naquela época, e desde então. Se o motivo de Hanna era o medo de ser desmascarada... como, então, em lugar do desmascaramento inofensivo de uma analfabeta, o terrível de uma criminosa? Ou ela pretendia escapar sem ser desmascarada de nenhum modo? Será que era simplesmente estúpida? E seria tão fútil e tão má a ponto de tornar-se uma criminosa para evitar ser desmascarada?

Naquela época, e desde então, sempre rejeitei tais conclusões. Não, disse a mim mesmo, Hanna não optou pelo crime. Decidiu-se contra a promoção na Siemens e foi parar num emprego de guarda. E não, ela não enviou as moças fracas e frágeis no transporte para Auschwitz porque tinham lido em voz alta, mas as tinha escolhido para a leitura porque queria tornar suportáveis para elas os seus últimos meses, antes que tivessem de ir para Auschwitz de qualquer modo. E não, no processo Hanna não oscilou entre o desmascaramento como analfabeta e o desmascaramento como criminosa. Não fez cálculos nem táticas. Ela aceitou que seria chamada para prestar contas, só não queria ser desmascarada por causa disso. Não estava perseguindo seus interesses, mas lutando pela sua verdade, sua justiça. Como sempre teve de dissimular um pouco, como nunca pôde ser aberta e totalmente ela mesma, era uma verdade lamentável e uma justiça lamentável, mas eram as suas, e a luta por aquilo era a sua luta.

Ela devia estar completamente esgotada. Não lutava apenas no processo. Lutava sempre e sempre tinha lutado, não para mostrar do que era capaz, mas sim para esconder o que não sabia fazer. Uma vida cujos avanços consistiam em retiradas enérgicas e cujas vitórias consistiam em derrotas secretas.

Raramente me senti tocado pela discrepância entre aquilo que deve ter ocupado Hanna ao abandonar minha cidade natal e aquilo que, na época, eu tinha imaginado e teorizado. Tinha estado certo de tê-la feito partir porque a traía e renegava, quando na verdade ela tinha simplesmente escapado de ser desmascarada no escritório da companhia de bondes. De qualquer modo, a circunstância de não tê-la feito partir não mudava em nada o fato de tê-la traído. Portanto, eu continuava sendo culpado. E se não fosse culpado porque a traição a uma criminosa não pode tornar uma pessoa culpada, era culpado porque tinha amado uma criminosa.

11

Quando Hanna admitiu ter escrito o relatório, as outras acusadas passaram a ter um jogo fácil para fazer. Segundo elas, Hanna, quando não agira sozinha, tinha forçado, ameaçado, obrigado as outras. Tinha assumido o comando. Tinha conduzido os relatos e os registros. Ela é que tinha decidido.

Os moradores do povoado, depondo como testemunhas, não podiam confirmar nem desmentir tais alegações. Eles tinham visto que a igreja em chamas fora guardada por várias mulheres e não fora aberta, e não tinham ousado abri-la por si mesmos. Tinham encontrado as mulheres na manhã seguinte, quando estavam partindo, e reconheciam que aquelas mulheres eram as acusadas. Mas qual das acusadas tinha dado as ordens no encontro da manhã, e até se uma das acusadas tinha dado as ordens, isso eles não sabiam dizer.

— Mas os senhores não podem assegurar que não era esta acusada — o advogado de uma outra acusada apontou para Hanna — quem tomava as decisões?

Eles não podiam. Como deveriam? Diante das outras acusadas, visivelmente mais velhas, mais cansadas, mais covardes, mais amargas, também não queriam. Em comparação às outras acusadas, Hanna era a líder. Além disso, a existência de uma líder aliviava os moradores do povoado; não ter prestado auxílio frente a uma unidade rigidamente comandada era melhor do que a falta de auxílio frente a um grupo de mulheres descontroladas.

Hanna continuou lutando. Admitia o que era verdade e negava o que não era. Negava com uma veemência cada vez mais desesperada. Não elevava o tom de voz. Mas a intensidade com que falava ia causando estranheza ao júri.

Por fim ela desistiu. Falava somente quando lhe faziam perguntas, suas respostas eram curtas, só o necessário, vagas algumas vezes. Como para deixar visível que desistira, a partir de então permanecia sentada quando estava falando. O juiz principal, que lhe dissera diversas vezes, no início do julgamento, que não precisava ficar de pé, que podia ficar sentada, também estranhou essa atitude. Às vezes, perto do final do julgamento, eu tinha a impressão de que o júri já estava cansado, querendo encerrar finalmente o caso, sem prestar mais atenção nele, com o pensamento em outro lugar, de volta ao presente após longas semanas visitando o passado.

Eu também já estava cansado. Mas não podia encerrar o caso, deixá-lo para trás. Para mim o julgamento não terminava, mas começava ali. Eu tinha sido espectador e, de repente, me tornava um envolvido, um participante e um membro do júri. Não tinha procurado nem escolhido este novo papel, mas tinha de exercê-lo, querendo ou não, fazendo alguma coisa ou me comportando de modo completamente passivo.

Fazer alguma coisa... só havia uma coisa a fazer. Eu podia me dirigir ao juiz principal e dizer a ele que Hanna era analfabeta. Que ela não era a protagonista nem a culpada principal, tal como as outras fizeram crer. Que a atitude dela no julgamento não demonstrava particular incorrigibilidade, falta de remorso ou petulância, mas resultava da incapacidade de conhecimento prévio da acusação e do manuscrito e, desse modo, também da falta de senso estratégico ou tático. Que ela tinha sido sensivelmente prejudicada em sua defesa. Que era culpada, mas não tão culpada como parecia.

Talvez eu não convencesse o juiz. Mas o faria continuar refletindo e investigando. No final, iria provar-se que eu tinha razão e ela realmente seria condenada, mas a uma pena mais leve. Teria realmente de ir para a prisão, mas sairia antes, ficaria livre antes — não era por isso que ela lutava?

Sim, era por isso que lutava, mas por outro lado não estava disposta a pagar o preço de ser desmascarada como analfabeta. Também não iria querer que eu barganhasse sua autoimagem por alguns anos de prisão. Ela própria podia ter tomado tal atitude, mas não o fizera, portanto não queria isso. Para ela sua autoimagem valia os anos de prisão.

Mas será que valia mesmo? O que ela ganhava com essa autoimagem mentirosa que a acorrentava, paralisava, não a deixava desenvolver-se? A energia com que mantivera de pé sua mentira durante a vida seria mais do que suficiente para que aprendesse a ler e a escrever.

Na época tentei conversar com amigos sobre o problema. Imagine alguém que corre só para sua perdição e você pode salvar a pessoa — você salva? Imagine uma operação e um paciente que toma drogas incompatíveis com a anestesia, mas que tem vergonha de usar drogas, e não quer dizer nada para o anestesista — você conta ao anestesista? Imagine um julgamento no tribunal e um acusado que é condenado se não revelar que é canhoto, e por isso não pode ter cometido o crime, executado com a mão direita, mas ele tem vergonha de ser canhoto — você conta para o juiz o que está errado? Imagine que ele é homossexual, que não pode ter cometido o crime sendo homossexual, mas tem vergonha de ser homossexual. A questão não é se as pessoas devem ter vergonha de ser canhotas ou homossexuais — imagine simplesmente que o acusado tem vergonha.

12

Decidi conversar com meu pai. Não porque fôssemos assim próximos. Meu pai era uma pessoa fechada, não era capaz nem de comunicar seus sentimentos para nós, os filhos, nem de aproveitar os sentimentos que tínhamos em relação a ele. Por muito tempo supus que houvesse, por trás da atitude incomunicável, uma riqueza de tesouros por descobrir. Porém, mais tarde, passei a me perguntar se havia realmente algo nele. Talvez ele tivesse sido rico em sentimentos quando menino e quando jovem, deixando, com o passar dos anos, que se deteriorassem e definhassem por não lhes dar nenhuma expressão.

Mas, justamente por causa da distância entre nós, procurei o diálogo com ele. Procurei o diálogo com o filósofo que escrevera sobre Kant e Hegel, autores que, como eu sabia, tinham se ocupado de questões morais. Ele também devia ter condições de debater o meu problema de modo abstrato, sem se ater à deficiência de meus exemplos, como faziam os meus amigos.

Quando nós, filhos, queríamos falar com nosso pai, ele marcava um horário do mesmo modo que para seus estudantes. Trabalhava em casa, indo à universidade apenas para dar suas aulas e seminários. Os colegas e estudantes que queriam falar com ele vinham à nossa casa. Lembro-me de filas de estudantes, apoiados na parede do corredor esperando até chegar sua vez; alguns ficavam lendo, outros observavam a vista da cidade das janelas do corredor, outros ficavam olhando para o vazio, todos em silêncio, quebrado apenas por saudações embaraçadas, quando nós, crianças, passávamos no corredor e os cumprimentávamos. Nós mesmos não esperávamos no corredor quando nosso pai marcava uma hora conosco. Mas também batíamos pontualmente à porta de seu escritório e éramos convidados a entrar.

Eu conheci dois escritórios de meu pai. As janelas do primeiro, no qual Hanna correra o dedo pelos livros, davam para ruas e casas. As do segundo davam para as planícies do Reno. A casa, para a qual nos mudamos no começo dos anos sessenta e onde meus pais continuaram morando quando os filhos cresceram, ficava numa ladeira, no alto da cidade. Aqui, como lá, as janelas não abriam o lugar para o mundo do lado de fora, mas ficavam como quadros pendurados no cômodo. O escritório de meu pai era uma cápsula em que livros, papéis, pensamentos e a fumaça do cachimbo e dos cigarros tinham criado seus campos de força próprios, diversos daqueles do mundo exterior. Eles eram ao mesmo tempo familiares e estrangeiros para mim. Meu pai deixou-me apresentar o problema, na versão abstrata e com os exemplos.

— Tem a ver com o processo, não é?

Mas ele sacudiu a cabeça para indicar-me que não esperava nenhuma resposta, não me pressionava, não queria saber de mim nada que eu não falasse por vontade própria. Então sentou-se, a cabeça inclinada para o lado, as mãos segurando os braços da cadeira, e refletiu. Não olhava para mim. Eu o observava, seu cabelo grisalho, sua face como sempre malbarbeada, as rugas profundas entre os olhos e descendo das narinas até o canto da boca. Esperei.

Quando ele falou, foi minucioso. Instruiu-me sobre o indivíduo, liberdade e dignidade, sobre o homem como sujeito e o fato de não se poder torná-lo um objeto.

— Você não lembra mais como lhe aborreciam, quando criança, as vezes em que sua mãe sabia melhor do que você o que era bom para você mesmo? Já é um problema real saber até que ponto se pode chegar com as crianças. Trata-se de um problema filosófico, mas a filosofia não se ocupa com as crianças. Deixou-as para a pedagogia, onde não estão em boas mãos. A filosofia esqueceu as crianças — sorriu para mim —, esqueceu para sempre, não só de vez em quando, como eu esqueço vocês.

— Mas...

— Mas, tratando-se de adultos, não vejo nenhuma justificativa, absolutamente em nenhuma hipótese, para pôr uma coisa que outra pessoa acha bom para eles acima do que eles acham bom para si mesmos.

— Mesmo quando eles próprios vão ser felizes com isso mais tarde?

Fez que sim com a cabeça.

— Não estamos falando sobre a felicidade, mas sobre dignidade e liberdade. Desde criança você conhece a diferença. Você não se conformava que sua mãe estivesse sempre certa.

Hoje gosto de pensar no diálogo com meu pai. Eu tinha esquecido, até que, após sua morte, comecei a procurar nos depósitos da memória por belos encontros, vivências e experiências com ele. Quando achei o diálogo, observei-o admirado e contente. Naquela época, no encontro, a princípio fiquei perturbado pela mistura que meu pai fazia de abstração e evidência concreta. Mas no final desvendei o que ele dissera como uma indicação de que eu não tinha de falar com o juiz, de que não tinha sequer o direito de falar com o juiz, e fiquei aliviado.

Meu pai viu meu alívio.

— A filosofia lhe agrada tanto assim?

— Bem, eu não sabia se era preciso tomar uma atitude, na situação que descrevi, e realmente não estava feliz com a ideia de que era preciso, e quando não se pode mesmo tomar uma atitude eu acho que isso é... — Não soube o que dizer. Um alívio? Tranquilizador? Reconfortante? Essas coisas não soavam como moral e responsabilidade. "Acho que isso é bom" teria soado como conclusão moral e responsável, mas eu não podia dizer que achava bom, que achava naquilo mais do que um alívio.

— Reconfortante? — sugeriu meu pai.

Fiz que sim com a cabeça e dei de ombros.

— Não, o problema não tem nenhuma solução reconfortante. Certamente é preciso tomar uma atitude, quando a situação descrita por você é uma situação de responsabilidade inerente e assumida. Se sabemos o que é melhor para a outra pessoa e que ela fecha os olhos para isso, temos de tentar abrir-lhe os olhos. Temos de dar a ela a última palavra, mas é preciso falar com aquela pessoa, com ela, não pelas costas, com algum outro.

Falar com Hanna? O que eu deveria dizer-lhe? Que tinha percebido a mentira de sua vida? Que ela estava pronta para sacrificar toda a sua vida por essa mentira tola? Que a mentira não valia o sacrifício? Que ela tinha de lutar para não ficar mais tempo do que o necessário na prisão, e para fazer muitas outras coisas em sua vida depois? Na verdade, o quê? Se era muito, se era mais ou menos do que antes... o que ela devia fazer de sua vida? Será que eu podia destituir-lhe a mentira sem lhe oferecer uma perspectiva de vida? Eu não sabia de nada para dizer, a longo prazo, e também não sabia como encará-la, como iria dizer que era certo, depois do que ela fizera, que a sua perspectiva de vida a curto e médio prazos seria a prisão. Eu não sabia como encará-la e dizer qualquer coisa. Não sabia, de modo algum, como encará-la.

— E o que acontece se não é possível falar com a pessoa? — perguntei a meu pai.

Ele me dirigiu um olhar interrogativo, e eu mesmo sabia que a pergunta se aproximava do assunto. Não havia mais nada para moralizar. Eu só tinha de me decidir.

— Não pude ajudar você. — Meu pai se levantou e eu também. — Não, você não precisa ir, só estou com as costas doendo. — Ficou em pé, curvado, com as mãos nos rins. — Não posso dizer que sinto muito por não poder ajudá-lo. Como filósofo, quero dizer, que foi como você me questionou. Como pai, acho a experiência de não poder ajudar meus filhos quase insuportável.

Fiquei esperando, mas ele não continuou a falar. Achei que ele estava facilitando as coisas; eu sabia quando ele poderia ter se ocupado mais de nós e como poderia ter nos ajudado mais. Então pensei que talvez ele mesmo soubesse e realmente carregasse um peso por isso. Mas, de qualquer modo, não pude lhe dizer nada. Fiquei constrangido e tive a sensação de que ele também estava constrangido.

— Bem, então...

— Você pode vir a qualquer hora. — Meu pai olhava para mim.

Não acreditei nele e fiz que sim.

13

Em junho a corte viajou por duas semanas a Israel. O inquérito lá era um assunto de poucos dias. Mas juízes e promotores uniram o acontecimento judicial com o turístico: Jerusalém e Tel Aviv, Negev e mar Vermelho. Certamente estava tudo correto, do ponto de vista da conduta, das férias e dos custos. Assim mesmo eu achei tudo aquilo bizarro.

Eu tinha planejado dedicar as duas semanas inteiramente ao estudo. Mas elas não correram como eu havia imaginado e previsto. Não conseguia me concentrar no estudo, nem no que dizia o professor nem nos livros. Meus pensamentos voltavam sempre a se desviar, perdendo-se em imagens.

Vi Hanna perto da igreja em chamas, com o rosto duro, uniforme negro e chicote de cavalo. Com o chicote desenhava círculos na neve e dava pancadas no cano de sua bota. Vi como deixava que lessem em voz alta. Estava ouvindo com atenção, não fez nenhuma pergunta, nenhuma observação. Quando a hora acabou, informou à leitora que, na manhã seguinte, ela iria no transporte para Auschwitz. A leitora, uma criatura delicada com resquícios de seus cabelos pretos e com olhos míopes, começou a chorar. Hanna bateu com a mão contra a parede e duas mulheres entraram, elas também prisioneiras com roupas listradas, arrastando a leitora para fora. Vi Hanna andando pela rua do campo de concentração, entrando na barraca das prisioneiras, supervisionando o trabalho na construção. Fazia tudo com o mesmo rosto duro, com olhos frios e boca contraída. As prisioneiras se encolheram, curvaram-se sobre o trabalho, apertaram-se contra a parede, para dentro da parede, querendo desaparecer parede adentro. Às vezes muitas prisioneiras entravam, ou corriam para um lado e outro, ou formavam filas, ou marchavam, e Hanna ficava ali no meio gritando ordens, o rosto aos berros formava uma careta medonha e ela incitava ao trabalho com seu chicote. Vi a torre da igreja chocando-se contra o telhado, lançando fagulhas, e ouvi o desespero das mulheres. Vi a igreja queimada na manhã seguinte.

Ao lado dessas imagens eu via as outras. Hanna vestindo a meia na cozinha, segurando a toalha em frente à banheira, andando de bicicleta com o vestido balançando ao vento, em pé no escritório de meu pai, dançando diante do espelho, olhando em minha direção na piscina, Hanna, que me ouvia, que falava comigo, que sorria para mim, que me amava. Era ruim quando as imagens vinham misturadas. Hanna que me amava com o rosto duro e a boca contraída, que me ouvia ler em voz alta sem falar nada, e no final batia com a mão contra a parede, que falava comigo e seu rosto virava uma careta. O pior eram os sonhos, nos quais a Hanna dura, imperiosa e terrível me excitava sexualmente, e dos quais eu acordava com saudade, vergonha e irritação. E com medo daquilo que eu realmente era.

Sabia que as imagens fantasiadas eram pobres lugares-comuns. Elas não estavam à altura da Hanna com quem eu tinha convivido e ainda conhecia. Mesmo assim tinham muita força. Desfaziam as imagens recordadas de Hanna e ligavam-se com as imagens de campo de concentração que eu tinha na cabeça.

Quando penso hoje em dia naqueles anos, ocorre-me que havia uma concepção pouco clara das coisas, poucas imagens que tornassem presentes a vida e a morte nos campos de concentração. De Auschwitz conhecíamos o portão com sua inscrição, os catres de madeira com mais de um andar, os montes de cabelo e óculos e malas; de Birkenau conhecíamos a construção da entrada, com a torre, as alas laterais e passagem para os trens; e de Bergen-Belsen as montanhas de cadáveres que os aliados tinham encontrado e fotografado na libertação. Conhecíamos alguns relatos de prisioneiros, mas muitos deles surgiram logo após a guerra e depois só foram reeditados nos anos oitenta, excluídos do programa das editoras nesse intervalo. Hoje em dia temos acesso a tantos livros e filmes, que o mundo dos campos de concentração fez-se uma parte do mundo imaginado pela coletividade, este que completa o mundo real da coletividade. A imaginação conhece o seu caminho naquele espaço, e desde a série de televisão *Holocausto* e filmes como *A escolha de Sofia* e especialmente *A lista de Schindler*, ela se move naquele espaço, não só apreendendo, mas complementando e adornando. Naquela época a imaginação era quase inerte; o que a poderia mover estava além do abalo que o mundo dos campos de concentração causou. As poucas imagens, que nos chegaram através das fotos das tropas aliadas e dos relatos dos prisioneiros, impregnaram a fantasia das pessoas em demasia, até se estagnarem como clichês.

14

Decidi ir embora. Se fosse possível ir a Auschwitz, logo no dia seguinte, teria feito isso. Mas o visto demorava uma semana. Então fui a Struthof, na Alsácia. Era o campo de concentração mais próximo. Nunca tinha visto um antes. Queria exorcizar os clichês com a realidade.

Pedi carona, e lembro-me de uma viagem num caminhão cujo motorista esvaziava uma garrafa de cerveja atrás da outra, e de um motorista de Mercedes que dirigia com luvas brancas. Depois de Estrasburgo tive sorte; o carro foi para Schirmeck, uma pequena cidade que não ficava longe de Struthof.

Quando disse ao motorista aonde estava indo exatamente, ele se calou. Olhei-o, porém não pude ler em seu rosto por que emudecera de repente, no meio de uma conversa animada. Era um homem de meia-idade, tinha um rosto seco, uma marca de queimadura ou de nascença vermelha na parte direita da testa, e cabelo preto penteado em mechas, dividido com exatidão. Seus olhos estavam concentrados na estrada.

Diante de nós erguiam-se as colinas dos Vosges. Passávamos de carro por vinhedos, num vale muito aberto, que subia levemente. À esquerda e à direita, florestas de todo tipo cresciam pelas encostas, às vezes havia uma pedreira, um pavilhão de fábrica com paredes de tijolo e telhado ondulado, um velho sanatório, uma vila grande com pequenas torres entre árvores altas. Ora à esquerda, ora à direita, acompanhava-nos uma linha férrea.

Então ele voltou a falar. Perguntou-me por que eu ia visitar Struthof e contei-lhe sobre o processo e minha falta de opinião própria da coisa.

— Ah, o senhor quer entender por que as pessoas puderam fazer coisas tão medonhas. — Soou um tanto irônico. Mas talvez fosse somente a sua maneira de falar, o tom da voz e a escolha das palavras. Antes que eu pudesse responder, ele continuou: — O que quer entender, na verdade? O senhor entende quando os homens matam por causa de paixões, por amor, ou por ódio, ou pela honra, ou por vingança?

Assenti.

— O senhor também entende quando os homens matam para ficarem ricos ou poderosos? Quando os homens matam na guerra ou em uma revolução?

Assenti novamente.

— Mas...

— Mas aqueles que foram mortos nos campos de concentração não fizeram nada aos que os mataram? É isso que o senhor quer dizer? O senhor quer dizer que não havia nenhum motivo para o ódio e nenhuma guerra?

Não quis continuar dando o meu assentimento. O que ele dizia era verdade, mas não da maneira como dizia.

— O senhor tem razão, não havia nenhuma guerra e nenhum motivo para o ódio. Mas o carrasco também não odeia aquele a quem executa, e o executa assim mesmo. Seguindo ordens? O senhor acha que ele faz a execução porque mandaram? E o senhor acha que estou falando agora sobre ordens e obediência, falando que as tropas nos campos de concentração recebiam ordens e tinham que obedecer? — Ele deu um sorriso de desprezo. — Não, não estou falando sobre mando e obediência. O carrasco não segue nenhuma ordem. Ele faz o seu trabalho, não odeia os que executa, não se vinga deles, não os assassina porque estão no seu caminho, ou o ameaçam ou o atacam. É indiferente a eles. Tão indiferente que pode tanto matá-los quanto não matá-los.

Olhou para mim.

— Sem "mas"? Vamos lá, diga que um homem não pode ser tão indiferente a outro. O senhor não aprendeu isso? Solidariedade para com todos que têm face humana? Dignidade do homem? Reverência diante da vida?

Fiquei irritado e desolado. Procurei uma palavra, uma frase que apagasse o que ele dissera, que derrubasse seus argumentos.

— Uma vez — continuou — vi uma fotografia do fuzilamento de judeus na Rússia. Os judeus esperavam nus em uma longa fila, alguns ficavam na borda de uma cova, e atrás deles ficavam os soldados com fuzis, atirando na nuca de cada um. Isso acontecia numa pedreira, e sobre os judeus e os soldados, numa saliência do paredão de pedra, estava sentado um oficial, com as pernas a balançar e fumando um cigarro. Ele parecia um pouco aborrecido. Talvez a coisa não estivesse acontecendo com suficiente presteza. Entretanto ele também tinha um ar de satisfação, até de contentamento no rosto, talvez porque o dia de trabalho estivesse passando e logo seria a hora de largar o serviço. Ele não odeia os judeus. Não é...

— Era isso que o senhor fazia? O senhor ficava sentado na pedra e...

Ele parou o carro. Estava completamente pálido, e a marca em sua testa brilhava.

— Fora!

Saí do carro. Ele virou o volante de tal modo que tive de dar um pulo para o lado. Ainda ouvi o carro fazendo a curva seguinte. Depois ficou tudo em silêncio.

Fui pela estrada, subindo. Nenhum carro passou por mim, nenhum veio na direção contrária. Eu ouvia pássaros, o vento nas árvores, às vezes o murmúrio de um córrego. Respirava livremente. Depois de quinze minutos alcancei o campo de concentração.

15

Não faz muito tempo que voltei lá. Foi no inverno, num dia claro e frio. Atrás de Schirmeck a floresta estava coberta de neve, árvores borrifadas de branco e o chão revestido de branco. O terreno do campo de concentração, uma área alongada, num declínio da montanha em forma de terraço com vista ampla dos Vosges, estava branco sob o sol claro. A madeira pintada com um azul-acinzentado, tanto nas torres de vigia de dois ou três andares como nos barracões de um andar, contrastava amigavelmente com a neve. É verdade que havia o portão cercado de arame farpado, com a placa "Campo de Concentração Struthof-Natzweiler" e, em volta do campo, a cerca dupla de arame farpado. Mas o chão entre os barracões remanescentes, onde antes ficavam barracões colados uns aos outros, não deixava à mostra, sob o manto resplandecente de neve, nenhum traço do campo de concentração. Poderia ter sido uma pista de trenó para crianças, que estivessem de férias num acampamento, em barracas aconchegantes com janelas, e que logo seriam chamadas para lanchar bolo e chocolate quente.

O campo estava fechado. Andei para lá e para cá, afundando na neve os pés, que ficaram molhados. Pude ver bem todo o terreno, e me lembrei de minha primeira visita, de como tinha descido os degraus entre as construções principais e os barracões demolidos. Lembrei-me também de fornos de cremação, mostrados naquela época em um barracão, e também de um outro barracão onde ficavam as celas. Lembrei-me de minha tentativa, em vão, naquela vez, de imaginar concretamente um campo de concentração cheio, e prisioneiros e guardas e o sofrimento. Tentei realmente: observei um barracão, fechei os olhos e imaginei os barracões enfileirados, um atrás do outro. Tirei as medidas de um barracão, calculei, a partir do folheto, a quantidade de ocupantes e imaginei o quanto ficava apertado. Fiquei sabendo que os degraus entre os barracões serviam, ao mesmo tempo, como local de chamada e num golpe de vista os enchi com fileiras de costas, desde embaixo até o ponto mais alto do campo. Mas foi tudo inútil, e tive a sensação de uma falha lamentável e vergonhosa. Na volta achei, bem mais embaixo da ladeira, em frente a um restaurante, a casa com uma placa indicando tratar-se da antiga câmara de gás. Era pintada de branco, tinha portas com bordas de arenito e poderia ter sido um celeiro ou galpão, ou uma morada de criados. Essa casa também estava fechada, e eu não me lembrava de ter estado em seu interior da outra vez.

Não saí do carro. Fiquei sentado por um momento, com o motor ligado, olhando. Depois segui meu caminho.

Primeiro me senti constrangido em entrar pelos povoados da Alsácia à procura de um restaurante para almoçar. Mas o constrangimento não se devia a uma sensação autêntica, e sim a reflexões sobre como uma pessoa deve se sentir após visitar um campo de concentração. Notei isso, dei de ombros e achei, num povoado na descida dos Vosges, o restaurante Au Petit Garçon. De minha mesa eu tinha a vista da planície. "Menino", em francês, *garçon*, era como Hanna me chamava.

Em minha primeira visita, andei pelo terreno do campo de concentração até ele fechar. Depois me sentei embaixo do monumento que ficava na parte mais alta do campo, a olhar para o terreno. Sentia em mim um grande vazio, como se tivesse procurado por algum sinal, não lá fora, mas em mim, e me desse conta de que não havia nada a encontrar.

Então escureceu. Tive de esperar durante uma hora, até que um pequeno caminhão aberto me deixasse sentar na caçamba, levando-me ao povoado mais próximo. Desisti de pedir carona para voltar no mesmo dia. Encontrei um quarto barato em uma hospedaria do povoado e comi no restaurante um bife fino com batatas fritas e ervilhas.

Numa mesa ao lado da minha, quatro homens jogavam cartas ruidosamente. A porta se abriu e um homem velho, de baixa estatura, entrou sem cumprimentar ninguém. Usava calças curtas e tinha uma perna de madeira. No balcão, pediu cerveja. Voltou as costas para a mesa ao lado, assim como seu crânio muito grande e calvo. Os jogadores largaram as cartas e apanharam as pontas de cigarro nos cinzeiros, para jogar nele. O homem no balcão batia com as mãos na parte de trás de sua cabeça, como se quisesse espantar moscas. O dono da pensão serviu-lhe a cerveja. Ninguém disse coisa alguma.

Não consegui aturar aquilo, levantei-me num pulo e andei na direção da mesa ao lado.

— Parem!

Eu estava tremendo de tanta irritação. Nesse momento o homem veio mancando com pequenos saltos, mexeu em sua perna, de repente estava segurando a perna de madeira com as duas mãos, bateu com ela na mesa com estardalhaço, de modo que os cinzeiros e copos dançaram, e deixou-se cair na cadeira vaga. Com isso, riu com a boca desdentada um riso grunhido, e os outros riram junto, um riso retumbante de bêbados.

— Parem — riam, apontando para mim —, parem.

Durante a noite, o vento soprava ao redor da casa. Eu não estava com frio, e o uivo do vento, o chiado das árvores em frente à janela e a batida ocasional de uma veneziana não eram barulhos tão altos a ponto de impedirem meu sono. Mas no íntimo eu estava ficando cada vez mais inquieto, até que meu corpo todo começou a tremer. Tive medo, não como a expectativa de um acontecimento ruim, mas um medo físico. Continuei ali ouvindo o vento, acalmando-me quando ele ficava mais fraco e mais quieto, e temendo a renovação de sua intensidade, sem saber como deveria acordar na manhã seguinte, pedir carona de volta, continuar os estudos e, um dia, ter emprego e mulher e filhos.

Queria, ao mesmo tempo, compreender e julgar o crime de Hanna. Mas era algo terrível demais para isso. Quando tentava compreendê-lo, tinha a sensação de não julgá-lo como devia. Quando o julgava como cabia julgá-lo, não havia lugar para a compreensão. Mas, ao mesmo tempo, eu queria compreender Hanna; não compreendê-la significava traí-la novamente. Não consegui resolver isso. Queria me propor as duas tarefas: a compreensão e o julgamento. Mas era impossível conciliar as duas.

O dia seguinte também foi um maravilhoso dia de verão. Foi fácil pedir carona e em poucas horas eu estava de volta. Passei pelas ruas da cidade como se tivesse estado muito tempo fora; as ruas, casas e homens eram coisas estranhas para mim. Mas o estranho mundo dos campos de concentração não ficara mais próximo. Minhas impressões de Struthof faziam companhia às poucas imagens de Auschwitz e Birkenau e Bergen-Belsen que eu já possuía, petrificando-se com elas.

16

Afinal, fui encontrar o juiz principal. Não fui capaz de encontrar-me com Hanna. Mas não fazer nada também era algo insuportável.

Por que não fui capaz de falar com Hanna? Ela tinha me abandonado, me enganado, não tinha sido a pessoa que eu vira nela ou que fantasiara a partir dessa visão. E quem eu tinha sido para ela? O pequeno leitor que ela usara, o pequeno companheiro de cama com quem se divertira? Será que também me mandaria para a câmara de gás, se não pudesse me abandonar e quisesse ficar livre de mim?

Por que eu não suportava não fazer nada? Dizia-me que precisava evitar uma sentença errada. Precisava cuidar para que houvesse justiça, a despeito da mentira de Hanna, justiça a favor e contra Hanna, por assim dizer. Mas, para mim, na verdade não se tratava de justiça. Eu não podia deixar Hanna daquela maneira, como ela sempre quis ser.

Tinha de tomar parte na vida dela, ter algum tipo de influência e causar um efeito sobre ela, se não direto, pelo menos indireto.

O juiz principal conhecia nosso grupo de seminário e estava disposto a me receber para uma conversa depois de uma sessão. Bati à porta, fui chamado para entrar, cumprimentado e convidado a me sentar na cadeira em frente à mesa de trabalho. Ele estava sentado atrás dela, de camisa. A beca encontrava-se pendurada no encosto e nos apoios laterais de sua cadeira; sentara-se usando a beca, para tirá-la em seguida. Parecia relaxado, um homem que termina o trabalho do dia e está satisfeito com isso. Sem a expressão irritada no rosto, atrás da qual havia se entrincheirado no decorrer do julgamento, tinha um rosto simpático, inteligente e inofensivo de servidor público. Puxou conversa, fazendo algumas perguntas. O que nosso seminário pensava a respeito do processo, o que nosso professor tinha em mente com o protocolo, em que período estávamos, em que período eu estava, por que estudava direito e quando queria prestar exame. Não devia de modo algum atrasar minha inscrição para o exame, me disse.

Respondi a todas as perguntas. Depois fiquei escutando ele me contar sobre seu estudo e seu exame. Tinha feito tudo certo. Fizera as lições e seminários exigidos, depois tinha passado no exame final, tudo no tempo certo e com o êxito esperado. Gostava de ser jurista e juiz, e além disso, se tivesse de fazer mais uma vez as coisas que tinha feito, faria do mesmo jeito.

A janela ficou aberta. No estacionamento, batiam portas e davam a partida em motores. Eu escutava os carros até que seu barulho fosse engolido pelos ruídos do trânsito. Depois as crianças vieram brincar e fazer algazarra no estacionamento vazio. Às vezes ouvia-se uma palavra claramente: um nome, um palavrão, um chamado.

O juiz principal ficou de pé e se despediu de mim. Eu podia vir se tivesse mais perguntas. Também se precisasse de conselhos nos estudos. E nosso grupo do seminário devia informá-lo sobre suas avaliações e análises do processo.

Fui andando pelo estacionamento vazio. Pedi a um rapaz que me explicasse o caminho para a estação. Nosso carro tinha voltado logo após a sessão e eu precisava pegar o trem. Era um horário fora do expediente, quando o trem regional vai parando em todas as estações, as pessoas saíam e entravam, eu estava sentado no lado da janela, cercado por passageiros, conversas, cheiros diferentes a cada trecho. Lá fora passavam casas, estradas, automóveis, árvores, a distância as montanhas, castelos e pedreiras. Eu ia percebendo tudo e não sentia nada. Não estava mais magoado porque tinha sido abandonado, enganado e usado por Hanna. Também não precisava mais tomar parte em sua vida. Percebi o entorpecimento sob o qual eu seguira os terrores do processo estendendo-se aos sentimentos e aos pensamentos das últimas semanas. Dizer que eu estava alegre com isso já seria demais. Mas senti que era certo assim. Que isso me possibilitava retornar ao meu dia a dia e nele seguir vivendo.

17

O veredicto foi proclamado no final de junho. Hanna foi condenada à prisão perpétua. As outras tiveram penas de reclusão por tempo determinado.

A sala do tribunal estava cheia como no início do julgamento. Gente ligada ao sistema judiciário, estudantes da minha universidade e da universidade local, uma turma de escola, jornalistas do país e do exterior e pessoas que sempre se encontram nas salas de tribunal. Faziam barulho. Quando as acusadas foram levadas a seus lugares, a princípio ninguém lhes prestou atenção. Mas em seguida os espectadores se calaram. Primeiro calaram-se aqueles que estavam sentados nas fileiras da frente, perto das acusadas. Eles cutucavam quem estava ao lado e voltavam-se para os da fileira de trás. "Olhe só", cochichavam, e os que olhavam iam ficando também calados, tocavam em quem estava ao

lado, voltavam-se para os de trás, cochichando "olhem só".
E por fim toda a sala do tribunal estava em silêncio.

Não sei se Hanna sabia como era a sua aparência, e se
ela queria mesmo ter aquela aparência. Estava usando um
conjunto preto e uma blusa branca, sendo que o corte do conjunto e a gravata sobre a blusa faziam a roupa parecer um
uniforme. Eu nunca tinha visto o uniforme das mulheres
que trabalhavam para a SS. Mas achei, e todos os espectadores acharam, que era aquele o uniforme, e aquela a
mulher que trabalhava para a SS vestida com ele, que fizera
tudo aquilo de que era acusada.

Os espectadores recomeçaram a cochichar. Dava para
ouvir que muitos estavam irritados. Achavam que Hanna
estava escarnecendo do julgamento, da sentença e também
deles, que tinham vindo para o anúncio da sentença. Começaram a falar mais alto, e alguns gritaram para Hanna
o que pensavam dela. Até a corte entrar na sala e o juiz,
após um olhar irritado para Hanna, proclamar o veredicto.
Hanna ouviu em pé, em postura ereta e sem fazer nenhum
movimento. Na leitura dos motivos do veredicto ela se
sentou. Não tirei os olhos de sua cabeça e nuca.

A leitura do veredicto durou várias horas. Quando o
julgamento terminou e as acusadas foram levadas embora,
fiquei esperando para saber se Hanna olharia para mim.
Estava sentado no mesmo lugar de sempre. Mas ela mantinha o olhar dirigido para a frente, atravessando tudo. Um
olhar orgulhoso, ferido, perdido e infinitamente cansado.
Um olhar que não queria ver ninguém e nada.

TERCEIRA PARTE

1

Passei o verão seguinte ao processo na sala de leitura da biblioteca universitária. Chegava na hora em que a sala de leitura abria, e saía na hora em que ela fechava. Nos fins de semana, estudava em casa. Estudava tão decididamente, tão tomado pelo aprendizado, que os sentimentos e os pensamentos anestesiados pelo processo permaneceram anestesiados. Eu evitava as pessoas. Mudei-me de casa e aluguei um quarto. Repelia os poucos conhecidos que vinham falar comigo na sala de leitura, ou em idas ocasionais ao cinema.

No período de inverno não me comportei de modo diferente. Apesar disso, perguntaram-me se eu queria ir, com um grupo de estudantes, passar o Natal numa estação de esqui. Surpreso, concordei.

Eu não era um bom esquiador. Mas gostava de esquiar, descia pistas rápidas, conseguindo acompanhar os bons esquiadores. Às vezes me arriscava a cair e quebrar algum osso, em descidas para as quais não estava realmente preparado. Fazia isso conscientemente. O outro risco que eu corria, e do qual acabei sendo vítima, era algo de que não me dei conta.

Nunca sentia frio. Enquanto os outros esquiavam de pulôver e casaco, eu ia de camisa. Os outros protegiam a cabeça e insistiam em que eu também o fizesse. Mas eu não levava a sério nem mesmo os avisos mais preocupados. Simplesmente não sentia frio. Quando comecei a tossir, coloquei a culpa nos cigarros austríacos. Quando comecei a ter febre, aproveitei com prazer o estado febril. Estava fraco e, ao mesmo tempo, leve, as impressões de todos os meus sentidos vinham-me agradavelmente amortecidas, algodoadas, cheias. Eu estava pairando no ar.

Depois fiquei com febre alta e fui levado ao hospital. Quando saí de lá, o entorpecimento tinha ido embora. Todas as dúvidas, medos, acusações e autocensuras, todo o terror e toda a dor que tinham emergido durante o processo e foram imediatamente anestesiados, retornaram e vieram à tona. Não sei qual é o diagnóstico que os médicos dão para alguém que não sente frio quando o devia sentir. Meu próprio diagnóstico é que o entorpecimento precisava me dominar corporalmente, antes de me deixar livre, antes que eu pudesse me libertar dele.

Quando terminei meus estudos de direito e comecei o estágio, veio o verão do movimento estudantil. Interessava-me por história e sociologia, estando, como bacharel e estagiário, ainda suficientemente ligado à universidade para saber de tudo o que acontecia. Saber de tudo não queria dizer tomar parte — escolas de ensino superior e reforma do ensino superior eram coisas a que eu era tão indiferente quanto ao Vietcong e aos norte-americanos. No que dizia respeito ao terceiro tema do movimento estudantil, o confronto com o passado nacional-socialista, experimentei um distanciamento tão grande, em relação aos outros estudantes, que não quis participar de agitações e passeatas com eles.

Muitas vezes penso que o confronto com o passado nacional-socialista não era o fundamento, mas apenas a expressão do conflito de gerações que era possível perceber como a força motora do movimento estudantil. A expectativa dos pais, de que toda geração tem de se libertar, era facilmente liquidada pelo fato de esses pais terem falhado, no Terceiro Reich ou mais tarde, após o seu fim. Como é que aquelas pessoas, que foram criminosos nacional-socialistas, ou espectadores, ou que desviaram seus olhos, ou que, depois de 1945, tinham tolerado o convívio com os criminosos, chegando mesmo a aceitá-los na época — como é que aquelas pessoas podiam ter algo para dizer a seus filhos? Mas, por outro lado, o passado nacional-socialista também era um tema para os filhos que não podiam ou não queriam censurar seus pais. Para eles, o confronto com o passado nacional-socialista não era a forma tomada por um conflito de gerações, mas sim o problema propriamente dito.

Para minha geração de estudantes, o conceito de culpa coletiva era uma realidade vivida, não importava o que nele houvesse de verdade ou não, moral ou juridicamente.

Não valia apenas para o que tinha acontecido no Terceiro Reich. O fato de que lápides de judeus foram pichadas com a cruz suástica, o fato de tantos velhos nazistas terem feito carreira, entre os juristas, no governo e nas universidades, o fato de que a República Federal Alemã não reconhecia o Estado de Israel, e de que a emigração e a resistência eram menos comuns do que a vida conformista — tudo isso nos envergonhava, mesmo quando podíamos apontar os culpados. Apontar os culpados não libertava da vergonha. Mas refreava o sofrimento que ela causava. Transformava o sofrimento passivo da vergonha em energia, atividade, agressão. E o confronto com pais culpados, especialmente, era algo que despendia grande quantidade de energia.

Eu não podia apontar para ninguém. Para os meus pais já não era possível, porque não podia censurá-los. Passara o ímpeto de esclarecimento, com o qual eu, como participante do seminário dos campos de concentração, tinha condenado meu pai à exprobação, e isso era algo desagradável para mim. Porém o que outros de meu círculo social tinham feito e sua culpa, nunca era pior do que aquilo que Hanna fizera. Na verdade eu tinha de apontar para Hanna. Mas o dedo que apontava para ela voltava-se em minha direção. Eu a tinha amado. Não só a tinha amado, como também a tinha escolhido. Tentei dizer para mim mesmo que, quando escolhi Hanna, não sabia nada do que ela fizera. Tentei me convencer de que me encontrava no estado de inocência em que os filhos amam seus pais. Mas o amor aos pais é o único amor pelo qual não se assume nenhuma responsabilidade.

E talvez sejamos responsáveis até no caso do amor aos pais. Naquela época invejei os outros estudantes, que se dissociavam dos seus pais e, com isso, de toda a geração dos carrascos, dos espectadores e dos que desviaram o olhar, dos tolerantes e dos que aceitaram, superando assim, se não sua vergonha, pelo menos o sofrimento causado pela vergonha. Mas de onde vinha aquela autoconfiança para contestar que eu encontrava tão frequentemente neles? Como é possível que alguém sinta culpa e vergonha e ao mesmo tempo conteste as coisas com total autoconfiança? Seria a dissociação dos pais apenas retórica: ruído, barulho que deveria abafar o fato de que o amor pelos pais os torna incontestavelmente cúmplices dos crimes paternos?

Esses são pensamentos posteriores. Mesmo posteriormente eles não eram nenhum consolo. Como poderia ser um consolo o fato de meu sofrimento pelo amor a Hanna ser, de certa maneira, o destino de minha geração, o destino alemão, que era apenas mais difícil, no meu caso, de deixar para trás, mais difícil de lidar. Na mesma medida, teria feito bem para mim se eu pudesse me sentir parte de minha geração.

2

Casei-me ainda na época do estágio. Gertrud e eu tínhamos nos conhecido na estação de esqui, sendo que, quando os outros voltaram do feriado, ela ainda ficou até que eu tivesse alta do hospital e pudesse me levar de volta. Também cursava direito; estudamos juntos, passamos juntos no exame final e fomos fazer nossos estágios. Casamos quando Gertrud estava esperando um bebê.

Não lhe contei nada a respeito de Hanna. Quem, pensei, quer ouvir sobre os relacionamentos anteriores do outro, se não é a realização final deles? Gertrud era esperta, objetiva e leal, e se a nossa vida tivesse sido administrar uma fazenda com vários peões e criadas, muitos filhos, muito trabalho e sem tempo um para o outro, ela teria sido completa e feliz. Mas nossa vida era um apartamento de três quartos em um prédio novo no subúrbio, nossa filha Julia e o trabalho de Gertrud e o meu como estagiários de direito. Nunca fui capaz de parar de fazer comparações entre a convivência com Hanna e a convivência com Gertrud, sendo que sempre que Gertrud e eu nos abraçávamos, eu voltava a ter a sensação de que aquilo não estava certo, de que ela não era a pessoa certa, de que o seu abraço e o seu toque eram a coisa errada, de que o seu cheiro e o seu gosto eram os errados. Pensava que a sensação sumiria. Esperava que ela sumisse. Queria ficar livre de Hanna. Mas a sensação de que aquilo não estava certo nunca sumiu.

Quando Julia tinha 5 anos, nos divorciamos. Ambos não podíamos mais continuar e nos separamos sem amargura, mantendo a sinceridade de nossa relação. O que me perturbou foi termos negado a Julia a proteção tranquila que ela visivelmente desejava. Quando eu e Gertrud éramos íntimos e afetuosos um com o outro, Julia nadava nesse meio como um peixe na água. Estava no seu elemento. Quando notava tensões entre nós, corria de um para o outro a assegurar-nos de que éramos queridos e de que ela gostava de nós dois. Queria um irmãozinho, e certamente ficaria alegre com mais irmãos. Por algum tempo não compreendeu o que significava divórcio, querendo sempre, quando eu vinha para a visita, que ficasse e que Gertrud fosse com ela quando me visitava. Quando eu ia embora e ela me olhava da janela, eu, entrando no carro sob seu olhar triste, ficava de coração partido. Eu sentia que não era só o seu desejo que lhe negávamos, mas algo a que ela tinha direito. Nós a privamos de uma coisa a que tinha direito ao decidirmos pelo divórcio, e o fato de termos tomado a decisão em conjunto não diminuiu a culpa.

Nos meus relacionamentos posteriores tentei começar melhor e assim aprofundá-los. Aceitei que uma mulher precisava ter o abraço e o toque um pouco como os de Hanna, ter o cheiro e o gosto um pouco parecidos com os dela, para que desse certo a nossa convivência. E passei a contar sobre Hanna. Também contei mais a meu respeito para as outras mulheres do que contara a Gertrud; elas deveriam poder tirar suas próprias conclusões sobre o que lhes parecesse estranho no meu comportamento e na minha disposição de espírito. Mas as mulheres não queriam ouvir muito. Lembro-me de Helen, uma norte-americana, crítica literária, que ficou coçando as minhas costas tranquilamente, sem dizer nada, enquanto eu lhe contava a história, e continuou coçando tão tranquilamente quanto antes, sem dizer nada, quando parei de contar. Gesina, uma psicanalista, achou que eu tinha de trabalhar melhor a relação com minha mãe. Será que eu não reparava como minha mãe quase não aparecia na história? Hilke, uma dentista, sempre perguntava pela época antes de nos termos conhecido, mas esquecia logo o que eu lhe contava. Então desisti novamente de contar as coisas. Não é preciso contar, porque a verdade do que se conta está no modo como se é.

3

Quando fiz meu segundo exame público, morreu o professor que tinha organizado o seminário dos campos de concentração. Gertrud viu o obituário no jornal. O enterro era no Bergfriedhof. Perguntou-me se eu não queria ir.

Não queria. O enterro era numa tarde de quinta-feira, e tanto na manhã de quinta quanto na de sexta eu tinha provas para fazer. Além disso, o professor e eu nunca fomos especialmente próximos. Nunca gostei de enterros. Também não queria ser lembrado do processo.

Mas já era tarde demais. A lembrança tinha acordado, de modo que, quando saí da prova na quinta-feira, para mim era como se tivesse um compromisso marcado com o passado, ao qual não podia deixar de comparecer.

Fui de bonde, o que nunca fazia. Isso mesmo já era um encontro com o passado, algo como o retorno a um local familiar que mudou de feição. Quando Hanna trabalhava na companhia de bondes, as composições urbanas tinham dois ou três vagões, plataformas de entrada na frente e no final do vagão, degraus nas plataformas para onde ainda se podia saltar quando a composição já estava em movimento, e uma cordinha atravessando o bonde todo, com a qual o cobrador dava o sinal de partida. No verão os bondes vinham com vagões que tinham plataformas abertas. O cobrador vendia, furava e controlava os bilhetes, nomeava as estações, sinalizava as partidas, tomava conta das crianças que se empurravam nas plataformas, esbravejava com os passageiros que pulavam para fora ou para dentro, e impedia a entrada quando o vagão estava cheio. Havia cobradores alegres, piadistas, sérios, rabugentos e grosseiros, sendo a atmosfera no vagão frequentemente como o temperamento ou a disposição do cobrador. Que tolice a minha ter ficado receoso, após a surpresa fracassada na viagem para Schwetzingen, de espiar e presenciar Hanna como cobradora.

Subi no bonde sem cobrador e fui para o Bergfriedhof. Era um dia frio de outono com o céu sem nuvens, mas enevoado, e o sol amarelo que não aquecia mais e que os olhos podiam mirar sem dor. Precisei procurar um pouco até achar o túmulo, onde tiveram lugar as celebrações do enterro. Fui andando sob os galhos das árvores altas e nuas, entre lápides antigas. Ocasionalmente encontrava um jardineiro do cemitério ou uma velha senhora com um regador e tesoura de jardinagem. Tudo estava quieto, e dava para ouvir de longe a canção religiosa sendo entoada em torno do túmulo do professor.

Permaneci a distância examinando o cortejo fúnebre. Alguns dos presentes eram, nitidamente, pessoas esquisitas ou excêntricas. No discurso sobre a vida e a obra do professor, ficou parecendo que ele mesmo havia se afastado da sociedade e com isso havia perdido o contato com ela, isolando-se e tornando-se, desse modo, um homem excêntrico.

Reconheci um antigo participante do nosso seminário; ele fizera o exame público antes de mim, tornando-se a princípio advogado, mas depois tinha aberto um bar. Usava um longo casacão vermelho. Veio falar comigo quando a cerimônia tinha acabado e eu estava no caminho de volta para a entrada do cemitério.

— Fizemos o seminário juntos; você não se lembra mais?

— Claro que me lembro. — Apertamos as mãos.

— Eu ia toda quarta-feira acompanhar o processo, e algumas vezes levei você no meu carro. — Deu uma risada. — Você ia para lá todo dia, todo dia e toda semana. Agora diga-me uma coisa: por quê?

Olhou para mim de bom humor e ansiando por uma resposta, o que me recordou que eu já tinha notado aquele olhar no seminário.

— O processo me interessava especialmente.

— O processo lhe interessava especialmente? — Riu mais uma vez. — O processo ou a acusada que você sempre ficava olhando? A única que era razoavelmente bonita? Todos nos perguntamos o que havia entre você e ela, mas não tínhamos intimidade para lhe perguntar. Naquela época éramos terrivelmente compreensivos e cuidadosos. Você conhecia...

Lembrou-se de um outro participante do seminário, que gaguejava ou cochichava, dizendo muitas bobagens, e a quem ouvíamos como se suas palavras fossem ouro. Começou a falar de outros participantes do seminário, como eles eram na época e o que faziam hoje em dia. Ia contando sem parar. Mas eu sabia que no final me perguntaria mais uma vez: "Bem, o que havia afinal entre você e aquela acusada?" E eu não sabia o que devia responder, como devia desmentir, reconhecer, fugir.

Estávamos na entrada do cemitério quando ele fez a pergunta. No ponto, justamente naquele momento, estava saindo o bonde, e gritei "Tchau", enquanto corria ao lado do bonde como se pudesse saltar para o degrau, batendo com a mão aberta na porta, e aconteceu uma coisa que não acreditava jamais ser possível nem esperava: o bonde parou novamente, a porta abriu e eu entrei.

4

Depois do estágio tive de me decidir por um emprego. Dei-me um pouco de tempo; Gertrud começou a trabalhar imediatamente como juíza e encheu-se de coisas para fazer, e nos alegrávamos por eu ter a possibilidade de ficar em casa cuidando de Julia. Quando Gertrud superou as dificuldades iniciais e Julia entrou para o jardim de infância, a decisão tornou-se iminente.

Foi difícil para mim. Não me sentia bem em nenhum dos papéis que vira os juristas exercendo no processo contra Hanna. A acusação me parecia uma simplificação tão grotesca quanto a defesa, e ser juiz era, entre as simplificações, certamente a mais grotesca de todas. Também não conseguia me ver como funcionário administrativo; enquanto era estagiário trabalhei no departamento de administração da prefeitura e achei cinzentos, estéreis e tristes seus escritórios, corredores, ambiente e servidores.

Isso não me deixava muitas opções de carreiras jurídicas, e não sei o que teria feito se um professor de história do direito não me tivesse convidado para trabalhar com ele. Gertrud dizia que era uma fuga, uma fuga das exigências e responsabilidades da vida, e ela tinha razão. Fugi e estava aliviado por ter a possibilidade de fugir. Realmente não era para sempre, foi o que disse a ela e a mim mesmo; era jovem o bastante para, depois de alguns anos de história do direito, ainda ser capaz de seguir qualquer carreira jurídica possível. Mas era para sempre; à primeira fuga seguiu-se uma segunda, quando troquei a universidade por uma instituição de pesquisa, onde procurei e achei um recanto em que podia dar sequência a meus interesses ligados à história do direito, sem precisar de ninguém, sem atrapalhar ninguém.

Só que fugir não é só correr de um lugar, mas também chegar a outro. E o passado, aonde cheguei como historiador do direito, não tinha menos vida do que o presente. Também não acontece, como pode parecer a quem olha de fora, de se poder apenas observar a riqueza da vida passada, enquanto se toma parte da presente. Fazer história significa construir pontes entre o passado e o presente, observando ambas as margens e agindo nas duas. Uma de minhas áreas de pesquisa era o direito no Terceiro Reich e neste caso é especialmente evidente como passado e presente vêm juntos na realidade da vida. A fuga, aqui, não é ocupar-se com o passado, mas justamente uma determinada concentração no presente e no futuro, cega à herança do passado pelo qual somos moldados e com o qual temos de viver.

Com isso não quero ocultar a libertação que devo ao mergulho em direção ao passado, cuja significação para o presente é restrita. A primeira vez que a senti foi quando fazia um estudo sobre os códigos legais e seu delineamento no Iluminismo. Eram baseados na crença de que existe no mundo uma boa ordem e, assim, de que o mundo pode ser conduzido à boa ordem. Era uma felicidade para mim ver como os artigos do código penal foram produzidos como guardiões solenes da boa ordem, transformando-as em leis que se esforçavam por ser belas e, com sua beleza, dar provas de sua verdade. Durante muito tempo acreditei que há um progresso na história do direito, apesar de terríveis retrocessos e passos para trás, um desenvolvimento em direção à maior beleza e à verdade, à racionalidade e à humanidade. Desde que me ficou claro o fato de tal crença ser uma quimera, trabalho com uma outra imagem do percurso da história do direito. Nessa imagem, o percurso ainda se orienta para uma meta, mas a meta de que se aproxima, após diversos abalos, desorientações e fanatismos, é o seu próprio ponto de partida, de onde, assim que o alcança, precisa partir novamente.

Na época reli a *Odisseia*, que tinha lido pela primeira vez na escola e conservara na lembrança como a história de um retorno. Mas não se trata da história de um retorno. Como é que os gregos, sabendo que não se entra duas vezes no mesmo rio, poderiam acreditar em retornos? Ulisses não retorna para ficar, e sim para partir novamente. A *Odisseia* é a história de um movimento ao mesmo tempo em direção a uma meta e sem meta nenhuma, bem-sucedido e em vão. Em que a história do direito é diferente disso?

5

Comecei com a *Odisseia*. Li a história depois que Gertrud e eu estávamos separados. Durante muitas noites só conseguia dormir poucas horas; ficava acordado, e quando acendia a luz e pegava um livro os olhos iam fechando; quando deixava o livro de lado e desligava a luz, ficava acordado de novo. Então lia em voz alta. Com isso meus olhos não fechavam. E porque era sempre Hanna quem dominava na confusão atravessada por lembranças e sonhos, girando em círculos de tormenta, dos meus pensamentos meio despertos sobre meu casamento e minha filha e minha vida, eu lia para Hanna. Lia para Hanna em fitas cassete.

Demorei vários meses até enviar as fitas. Primeiro não queria enviar somente uma parte e esperei até ter gravado toda a *Odisseia*. Depois tive dúvida se Hanna acharia a *Odisseia* suficientemente interessante e gravei depois da *Odisseia* contos de Schnitzler e Tchekov. Depois ainda fiquei adiando o telefonema para o tribunal em que Hanna fora julgada, para descobrir onde ela cumpria sua pena. Por fim eu tinha tudo, o endereço de Hanna em uma prisão, nas proximidades da cidade em que tivera lugar o processo e onde ela fora condenada, um gravador e as fitas numeradas, de Tchekov, passando por Schnitzler, até Homero. Afinal enviei o pacote com o gravador e as fitas.

Recentemente achei o caderno onde tomei nota de tudo aquilo que fui gravando para Hanna no decorrer dos anos. Fica evidente que os primeiros doze títulos foram anotados de uma única vez; a princípio é provável que eu tenha lido despreocupadamente, depois reparei que sem tomar nota não saberia o que tinha lido. Os títulos seguintes encontram-se às vezes acompanhados de uma data, às vezes sem nenhuma, mas mesmo sem data sei que enviei a primeira remessa para Hanna no oitavo ano de sua sentença e a última no décimo oitavo. No décimo oitavo ano o seu pedido de indulto foi aceito.

Em geral lia para Hanna exatamente o que eu mesmo gostaria de ler. Na *Odisseia*, de início não foi fácil ler em voz alta com tanta concentração quanto a que tinha para a leitura silenciosa. Isso mudou. Permaneceu sendo uma desvantagem da leitura em voz alta o fato de ela demorar mais. Mas a vantagem era que os livros lidos assim guardam-se melhor na memória. Ainda hoje lembro-me de alguns com especial nitidez.

Mas eu também lia em voz alta coisas que já conhecia e amava. Assim, Hanna recebeu muito de Keller e Fontane, Heine e Mörike. Por muito tempo não ousei fazer a leitura de poemas, mas depois ela me agradava muito, e aprendi de cor uma grande quantidade dos poemas lidos. Ainda hoje sou capaz de recitá-los.

Reunidos, os títulos do caderno são o testemunho de uma grande confiança fundamental na cultura burguesa. Não me lembro de jamais ter me perguntado se devia ir além de Kafka, Frisch, Johnson, Bachmann e Lenz, e ler literatura experimental, literatura em que não reconheço as histórias e não gosto dos personagens. A literatura experimental, segundo o meu entendimento, experimenta com o leitor, algo de que nem Hanna nem eu precisávamos.

Quando eu mesmo comecei a escrever, passei a ler também as minhas coisas para ela. Esperava até mandar digitar o meu texto escrito à mão, retrabalhar o texto escrito à máquina e ter a sensação de que então estava pronto. Na leitura em voz alta eu percebia se a sensação era verdadeira. Se não era, podia rever tudo mais uma vez, fazendo uma nova gravação por cima da antiga. Mas não gostava de fazer isso. Queria finalizar com a leitura em voz alta. Hanna tornou-se a instância para a qual, mais uma vez, eu reunia todas as minhas forças, toda a minha criatividade, toda a minha fantasia crítica. Depois disso podia mandar o texto para a editora.

Não fiz nenhuma observação pessoal nas fitas, não perguntei por Hanna, não dei notícias de mim. Lia o título, o nome do autor e o texto. Quando o texto chegava ao fim, esperava um momento, fechava o livro e apertava o botão de *stop*.

6

No quarto ano de nosso contato rico em palavras e sem palavras veio um bilhete. "Menino, a última história foi especialmente bonita. Obrigada. Hanna."

O papel era pautado, uma folha de caderno arrancada e cortada. A mensagem estava bem em cima, ocupando três linhas. Era escrita com caneta azul, um pouco borrada. Hanna tinha pressionado demais a caneta; a escrita ficou marcada do outro lado. Também escrevera com muita força o endereço; sua impressão marcada era legível na parte de baixo e na de cima do papel, dobrado ao meio.

À primeira vista, seria possível achar que se tratava de uma letra de criança. Mas o que a letra das crianças tem de desajeitada e inábil aquela tinha de violenta. Era visível a resistência que Hanna precisou superar para transformar as linhas de tinta em letras e compor com as letras as palavras. A mão da criança tende a se desviar aqui e ali, precisando ser mantida no percurso da escrita. A mão de Hanna não tendia a lugar algum, precisando ser obrigada a seguir adiante. As linhas de tinta que formavam as letras começavam novamente a cada vez, num traço para cima, num traço para baixo, antes das curvas e das voltas. Cada letra era uma conquista nova com uma nova direção, inclinada ou reta, muitas vezes errando na altura e na largura.

Li o bilhete e fiquei cheio de alegria e júbilo. "Ela escreve, ela escreve!" Eu tinha lido tudo o que pude achar sobre o analfabetismo durante todos aqueles anos. Sabia do desamparo diante de atividades cotidianas que exigiam a leitura, para achar um caminho ou um endereço ou para escolher um pedido no restaurante, sabia da angústia com que o analfabeto segue os modelos já dados e a rotina controlada, e da energia que é exigida para ocultar a incapacidade de ler e escrever, desperdício de energia vital. Analfabetismo é menoridade. À medida que Hanna tivera a disposição de aprender a ler e a escrever, dera o passo da menoridade para a maioridade, um passo de esclarecimento.

Então fiquei observando a escrita de Hanna, vendo quanto esforço e quanta luta lhe custara escrever. Estava orgulhoso dela. Ao mesmo tempo estava triste por sua causa, triste por causa da vida atrasada e falha, triste por causa dos atrasos e das falhas da vida em geral. Fiquei pensando que, se o tempo certo tinha passado, se alguém se recusou por muito tempo a uma determinada coisa, se essa coisa lhe foi recusada por muito tempo, ela vem tarde demais, mesmo sendo iniciada com esforço e recebida com alegria.

Ou não há "tarde demais", apenas "tarde", sendo "tarde" de qualquer modo melhor do que "nunca"? Não sei.

Após o primeiro bilhete vieram os seguintes numa sequência rigorosa. Eram sempre poucas linhas, um agradecimento, um desejo (de ouvir mais coisas do mesmo autor, ou também de não ouvir mais nada de um outro), uma observação sobre um autor, ou um poema, ou uma história, ou um personagem de certo romance, uma observação sobre o presídio. "No pátio já estão florindo os jasmins" ou "gosto das muitas tempestades deste verão" ou "da janela, vejo como os pássaros se juntam para voar em direção ao sul" — com frequência eram as mensagens de Hanna que me faziam reparar nos jasmins, nas tempestades de verão e nos bandos de pássaros. Suas observações sobre literatura tinham, frequentemente, uma precisão espantosa. "Schnitzler late, Stefan Zweig é um cão morto" ou "Keller precisa de uma mulher" ou "os poemas de Goethe são como pequenos quadros em molduras bonitas" ou "Lenz certamente escreve com máquina de escrever". Como ela não sabia nada sobre os autores, supunha que eram contemporâneos, a não ser que algo indicasse que isso era impossível. Eu ficava assombrado com o quanto a literatura mais antiga de fato pode ser lida como se fosse atual, e quem não sabe nada sobre a história pode ver, nos costumes de tempos antigos, simplesmente costumes de regiões distantes.

Nunca escrevi para Hanna. Mas continuei a ler para ela. Quando passei um ano na América, enviava de lá as fitas. Se viajava nas férias ou tinha uma quantidade especialmente grande de trabalho para fazer, podia demorar bastante tempo até que a fita seguinte ficasse pronta; não estabeleci nenhum ritmo determinado, mas ia mandando as fitas, ora semanalmente, ora de duas em duas semanas, e algumas vezes somente após três ou quatro semanas. Não me preocupei com o fato de que Hanna, agora, depois de ter aprendido a ler, pudesse não precisar mais de minhas fitas. Ela podia ler também sozinha. A leitura em voz alta era a minha maneira de falar para ela, com ela.

Guardei comigo todos os seus bilhetes. A letra foi mudando. Primeiro ela forçava as letras na mesma direção inclinada, obrigando-as a ter a altura e a largura corretas. Depois de seguir isso, a escrita pôde se tornar mais leve e mais segura. Fluente ela nunca será. Mas foi ganhando algo da beleza severa, característica da letra de pessoas velhas que escreveram pouco ao longo da vida.

7

Na época, não cheguei a pensar sobre o fato de que Hanna um dia ficaria livre. A troca de bilhetes e fitas era tão normal e familiar, e Hanna se encontrava tão próxima e tão distante, de uma maneira sem complicações, que eu poderia continuar indefinidamente naquela situação. Era uma atitude confortável e egoísta, eu sei.

Então chegou a carta da diretora do presídio.

> *Há anos a Sra. Schmitz e o senhor se correspondem. Trata-se do único contato externo que a Sra. Schmitz mantém, portanto dirijo-me ao senhor, embora não saiba qual a ligação entre os dois, nem se o senhor é um parente ou um amigo.*
>
> *No ano que vem a Sra. Schmitz fará um novo pedido de indulto e a minha expectativa é de que a junta o conceda. Neste caso, ela será liberada logo — após dezoito anos de pena. Naturalmente podemos providenciar, ou pelo menos*

tentar providenciar, um apartamento e um trabalho; com relação ao trabalho, será difícil na idade dela, mesmo não tendo nenhum problema de saúde e tendo demonstrado grande aptidão em nossa oficina de costura. Mas, melhor do que nós tomarmos tais providências, é que parentes ou amigos as tomem, mantendo a ex-presidiária em sua proximidade, oferecendo-lhe companhia e apoio. O senhor não pode imaginar como uma pessoa se sente solitária e desamparada fora da prisão após dezoito anos de pena.

A Sra. Schmitz sabe cuidar-se bastante bem e é capaz de dar conta de tudo sozinha. Seria suficiente se o senhor achasse um pequeno apartamento para ela, podendo, nas primeiras semanas e meses, visitá-la ocasionalmente ou convidá-la para a sua casa, certificando-se de que ela tenha conhecimento das ofertas da congregação paroquial, da escola pública, dos grupos de apoio familiar etc. Além disso, não é fácil, após dezoito anos de pena, ir pela primeira vez à cidade, fazer compras, lidar com autoridades, ir a um restaurante. Tudo isso é mais fácil para uma pessoa acompanhada.

Reparei que o senhor não visita a Sra. Schmitz. Se o fizesse não lhe escreveria, mas teria pedido para conversarmos no decorrer de uma visita. Agora a única opção é que o senhor a visite quando ela for solta. Por favor, apareça para falar comigo nessa ocasião.

A carta terminava com agradecimentos cordiais que não me pareceram dirigidos a mim, mas ao fato de, para a diretora, o pedido ser de coração. Já ouvira falar dela; sua instituição era considerada fora dos padrões e sua opinião teve peso na questão da reforma do sistema penal. Sua carta me agradou.

Mas não me agradou o que eu tinha pela frente. Claro que tinha de providenciar trabalho e moradia, e foi o que fiz. Amigos que não utilizavam nem alugavam um apartamento anexo a sua casa se dispuseram a cedê-lo para Hanna por um aluguel barato. O alfaiate grego que costumava ajeitar minhas roupas queria empregar Hanna; sua irmã, que conduzia o negócio com ele, iria voltar para a Grécia. Também me ocupei, já desde muito antes que Hanna pudesse começar qualquer coisa, com os serviços sociais e programas educacionais dirigidos pela igreja e por organizações internacionais. Mas descartei a visita que faria a Hanna.

Justamente porque ela se encontrava tão próxima e tão distante, daquela maneira descomplicada, não quis visitá-la. Tinha a sensação de que ela só podia ser o que era para mim na realidade da distância. Tinha medo de que o mundo pequeno, leve e protegido dos bilhetes e fitas fosse artificial demais e vulnerável demais para resistir à proximidade real. Como devíamos nos encontrar cara a cara, sem vir à tona tudo o que acontecera entre nós?

Assim, o ano se passou sem que eu tivesse ido à prisão. Por bastante tempo não tive notícias da diretora do presídio; uma carta, em que eu informava a situação do apartamento e do trabalho que esperavam Hanna, ficou sem resposta. Ela provavelmente contava com minha visita a Hanna para me falar. Não poderia saber que eu não só estava descartando tal visita, como também procurando me esquivar dela. Mas finalmente veio a decisão de indulto e soltura para Hanna e a diretora me chamou. Eu poderia ir daquela vez? Em uma semana Hanna sairia de lá.

8

No domingo seguinte fui vê-la. Era a minha primeira visita a um presídio. Revistaram-me na entrada, no caminho várias portas iam sendo abertas e trancadas. Mas a construção era nova e bem iluminada e na área interna as portas ficavam abertas, com as mulheres andando livremente. No final do corredor uma porta levava para o ar livre e chegava-se a um pequeno gramado viçoso, com árvores e bancos. Olhei em volta, procurando-a. A guarda que me levara apontou para um banco próximo, à sombra de uma castanheira.

Hanna? A mulher no banco era Hanna? Cabelos grisalhos, um rosto com rugas profundas na testa e nas bochechas, em volta da boca, e um corpo pesado. Estava usando um vestido azul-claro muito apertado, esticado na altura dos seios, barriga e coxas. Suas mãos estavam sobre o colo, segurando um livro. Não estava lendo. Por sobre a armação de seus óculos de leitura olhava em direção a uma mulher que jogava migalhas de pão para uns poucos pardais. Naquele momento notou que alguém a observava e virou o rosto para mim.

Vi a expectativa em seu rosto, vi-o com um brilho de alegria quando ela me reconheceu, vi seus olhos tatearem meu rosto enquanto eu me aproximava, vi seus olhos procurando, perguntando, aparentando insegurança e vulnerabilidade, e vi seu rosto apagar. Quando cheguei ao banco, deu um sorriso amigável e cansado.

— Você cresceu, menino. — Sentei-me ao seu lado e ela pegou minha mão.

Antes eu amava especialmente o seu cheiro. Ela ainda cheirava a frescor: de banho tomado, ou cheiro fresco de lavanda, ou de suor fresco, ou de quem foi amado há pouco. Às vezes usava perfume, não sei qual, e era mais leve do que todos os outros. Por baixo desses cheiros frescos existia ainda um outro, um cheiro pesado, escuro, acre. Frequentemente eu a farejava como um animal curioso, começando pelo pescoço e ombros, que cheiravam como se tivessem acabado de sair do banho, inspirando o cheiro fresco de suor entre seus seios, misturado com o outro cheiro nas suas axilas, encontrando esse cheiro pesado e escuro quase puro na cintura e na barriga, e entre as pernas numa tonalidade de fruta que me excitava. Também bisbilhotava suas pernas e pés, as coxas, onde o cheiro pesado se perdia, os joelhos, mais uma vez cheirando levemente a suor fresco, e os pés com cheiro de sabonete, ou couro, ou cansaço. As costas e os braços não tinham nenhum perfume especial, não cheiravam a nada e no entanto cheiravam como ela, nas palmas das mãos havia o perfume do dia e do trabalho: a tinta preta dos bilhetes, o metal do furador, cebola, ou peixe, ou carne assada, água com sabão ou o calor do ferro de passar. Quando lavadas, as mãos a princípio não demonstravam nada disso. Mas o sabão apenas cobria os cheiros e depois de certo tempo eles voltavam, fracos, combinados num único perfume de cotidiano e trabalho, no perfume do fim do dia e do trabalho, da noite, do retorno para casa e do conforto de estar nela.

Sentei-me ao lado de Hanna e senti o cheiro de uma velha senhora. Não sei o que constitui esse cheiro, que conheço das avós e das tias mais velhas e que fica pairando nos quartos e nos corredores das casas de pessoas velhas como uma maldição. Hanna era jovem demais para ele.

Cheguei mais perto. Tinha notado que a decepcionara, pouco antes, e queria tornar as coisas melhores, queria que voltassem a ficar bem.

— Fico alegre por você sair daqui.

— É?

— É, e me alegra que você vá estar por perto. — Contei-lhe sobre o apartamento e o trabalho que tinha achado para ela, sobre as opções culturais e sociais no bairro, sobre a biblioteca estadual. — Você lê muito?

— Mais ou menos. Ouvir as pessoas lendo é mais bonito. — Olhou para mim. — Agora terminou, não é?

— Por que iria terminar? — Mas não me via nem preparando fitas, nem me encontrando com ela para ler em voz alta.

— Fiquei tão alegre e tão admirado por você ter aprendido a ler. E as cartas que você me escreveu foram muito bonitas!

Isso era verdade; tinha ficado admirado e me alegrara, tanto por ela ler, quanto por me escrever. Mas pressentia como minha admiração e alegria eram pequenas, comparadas com o que devia ter custado a Hanna aprender a ler e escrever, como elas eram pobres, se nunca me levaram a responder às cartas, a visitá-la, a lhe falar. Garanti a Hanna um pequeno recanto, certamente um recanto que era importante para mim, que me dava alguma coisa e pelo qual eu fazia alguma coisa, porém não era nenhum lugar na minha vida.

Mas por que deveria ter lhe garantido um lugar na minha vida? Irritava-me contra o peso na consciência que me vinha com o pensamento de tê-la reduzido a um recanto.

— Antes do processo você realmente nunca tinha pensado nas coisas que foram ditas durante o processo? Quero dizer, você nunca tinha pensado nisso, quando estávamos juntos, quando eu lia em voz alta na sua casa?

— Isso preocupa muito você? — Mas ela não esperou por uma resposta. — Eu tinha sempre a sensação de que, sem dúvida, ninguém me entendia, de que ninguém sabia quem eu era e o que me levava até aquele ponto da minha vida. E você sabe, quando ninguém entende, ninguém pode exigir que você preste contas. Nem a corte podia exigir que eu prestasse contas. Mas os mortos podem. Eles entendem. Para isso não precisam ter estado por perto; mas se estiveram, entendem especialmente bem. Aqui na prisão eram muitos em volta de mim. Vinham toda noite, querendo eu ou não. Antes do processo eu ainda podia afugentá-los quando eles queriam vir.

Ela esperou que eu dissesse alguma coisa, mas não me veio nada à mente. A princípio tive vontade de dizer que nunca pude afugentar nada. Mas não era verdade; afugenta-se alguém, ao instalar a pessoa num recanto.

— Você é casado?

— Era. Eu e Gertrud nos divorciamos há muitos anos e nossa filha mora no colégio interno; espero que ela não fique lá nos últimos anos da escola e queira mudar para a minha casa. — Desta vez fui eu que esperei que ela dissesse ou perguntasse alguma coisa. Mas ficou calada. — Apanho você na semana que vem, tudo bem?

— Tudo bem.

— Bem quieto, ou pode ser com um pouco mais de estardalhaço?

— Bem quieto.

— Certo, apanho você bem quieto, sem música e sem champanhe. — Levantei-me e ela também. Olhamos um para o outro. O sinal apitara duas vezes, as outras mulheres já tinham entrado no prédio. De novo seus olhos examinaram o meu rosto. Dei-lhe um abraço, mas ela não estava se sentindo à vontade.

— Cuide-se, menino.

— Você também.

Assim nos despedimos, antes mesmo de termos de nos separar dentro do prédio.

9

A semana seguinte foi especialmente atarefada. Não sei mais se havia uma pressão por causa do prazo para terminar a conferência na qual eu estava trabalhando, ou se apenas tinha me imposto uma pressão para trabalhar e conseguir terminar.

A ideia com que tinha começado a trabalhar na conferência não dava em nada. Quando comecei a revisá-la, onde esperava encontrar sentido e regularidade, esbarrei em incoerências umas após outras. Em vez de aceitar isso, continuei pesquisando, exaltado, obstinado, angustiado, como se a própria realidade ficasse em falta junto com minha concepção dela, e eu estava pronto para deturpar, exagerar ou modificar minhas descobertas. Fiquei num estado peculiar de inquietação, conseguia dormir quando ia tarde para a cama, mas em poucas horas me encontrava totalmente desperto, até me decidir a levantar e seguir lendo ou escrevendo.

Também fiz o que devia ser feito em relação aos preparativos para a soltura. Arrumei o apartamento, com móveis da IKEA e algumas coisas antigas, avisei ao alfaiate grego da vinda de Hanna e atualizei as informações sobre serviços sociais e programas de ensino. Comprei provisões, pus livros na estante e pendurei quadros. Chamei um jardineiro para cuidar do pequeno jardim que cercava o terraço em frente ao quarto. Fiz isso também de um modo particularmente exaltado e obstinado; eram coisas demais para mim.

Mas era justamente o que bastava para não ter de pensar na visita que fiz a Hanna. Só às vezes, ao dirigir o carro ou sentar-me cansado à escrivaninha, ou estar acordado na cama ou no apartamento de Hanna, o pensamento voltava-se para o assunto de um modo incontrolável, disparando as memórias. Eu a via sentada no banco, o olhar na minha direção, via Hanna na piscina, o rosto voltado para mim, e tinha novamente a sensação de que a havia traído e tornava-me culpado em relação a ela. E de novo irritava-me com a sensação, acusando-a, achando sem valor e fácil demais o modo como ela tinha jogado fora sua culpa. Deixar apenas os mortos exigirem que prestasse contas, reduzir a culpa e penitência a noites maldormidas e sonhos ruins — onde isso deixava os vivos? Mas o que me interessava não eram os vivos, era eu. Também eu não tinha de fazer essa exigência, a de que ela me prestasse contas? Onde eu ficava?

Na tarde anterior ao dia em que eu deveria buscá-la, telefonei para o presídio. Primeiro falei com a diretora.

— Estou um pouco nervosa. Sabe, normalmente ninguém é solto, depois de uma pena tão longa, sem ter passado algumas horas ou dias fora da prisão. A Sra. Schmitz recusou isso. Não vai ser fácil para ela amanhã.

Chamaram Hanna ao telefone.

— Pense no que vamos fazer amanhã. Se você quer ir imediatamente para sua casa nova, ou se vamos passear na floresta ou na margem do rio.

— Vou pensar. Você continua sendo um grande planejador, não é?

Isso me aborreceu. Aborreceu-me como quando namoradas minhas diziam, ocasionalmente, que eu não era espontâneo, que funcionava muito com a cabeça em vez do coração.

Ela notou no meu silêncio, meu aborrecimento, e riu.

— Não se aborreça, menino, não falei por mal.

Eu tinha encontrado Hanna no banco como uma velha senhora. Ela tinha a aparência de uma velha senhora e cheirava como uma velha senhora. Não prestara atenção em sua voz. Sua voz permanecera jovem.

10

Na manhã seguinte Hanna estava morta. Ela tinha se enforcado, ao amanhecer.

Quando cheguei fui levado à diretora. Pela primeira vez eu a via, uma mulher pequena, magra, com cabelos louros escuros e óculos. Parecia insignificante até começar a falar, com força e calor e olhar severo, e movimentos enérgicos das mãos e dos braços. Ela me perguntou sobre a conversa por telefone na noite anterior e o encontro uma semana antes. Se eu tinha pressentido algo, se tivera receio. Disse que não. Realmente não havia nenhum pressentimento ou receio que eu tivesse reprimido.

— De onde se conhecem?

— Morávamos no mesmo bairro. — Ela ficou me examinando, e reparei que tinha de dizer mais coisas. — Morávamos no mesmo bairro, nos conhecemos e ficamos amigos. Quando eu era estudante estive no processo em que ela foi julgada.

— Por que o senhor mandava fitas para a Sra. Schmitz? Calei-me.

— O senhor sabia que ela era analfabeta, não é? Como ficou sabendo?

Dei de ombros. Não via em que a história de Hanna e minha lhe dizia respeito. Tinha lágrimas por dentro que desciam de minha garganta até o peito, e medo de não conseguir falar. Não queria chorar na frente dela.

Ela deve ter percebido o meu estado.

— Venha comigo, eu lhe mostro a cela da Sra. Schmitz. — Ia andando na frente, porém voltava-se toda hora, para me dar uma informação ou explicação. Neste ponto houve um ataque de terroristas, era por aqui que Hanna trabalhava, aqui Hanna fizera certa vez uma greve, permanecendo sentada até que os cortes nos fundos para a biblioteca fossem corrigidos, ali era o caminho para a biblioteca. Diante da cela parou. — A Sra. Schmitz não fez as malas. O senhor vê a cela exatamente como era enquanto ela estava viva.

Cama, armário, mesa e cadeira, na parede sobre a mesa uma estante e, no canto atrás da porta, pia e vaso sanitário. No lugar de uma janela, tijolos de vidro. A mesa estava vazia. Na estante havia livros, um despertador, um urso de pelúcia, duas canecas, pó de café, latas de chá, o gravador e, em duas prateleiras mais baixas, as fitas que gravei.

— Não são todas. — A diretora havia seguido meu olhar. — A Sra. Schmitz sempre emprestou algumas fitas para a auxiliar responsável pelos prisioneiros cegos.

Dei um passo para a estante. Primo Levi, Elie Wiesel, Tadeusz Borowski, Jean Améry — a literatura das vítimas, ao lado dos cadernos autobiográficos de Rudolf Hess, o relato de Hannah Arendt sobre Eichmann em Jerusalém e literatura científica sobre campos de concentração.

— Hanna leu essas coisas?

— De qualquer modo, ela encomendou os livros cuidadosamente. Eu tive de providenciar para ela, faz alguns anos, uma bibliografia geral sobre campos de concentração, e depois ela me pediu, há um ou dois anos, que lhe sugerisse livros sobre mulheres nos campos de concentração, prisioneiras e guardas. Escrevi para o Instituto de História Contemporânea e me enviaram uma bibliografia especial sobre o tema. Depois que a Sra. Schmitz aprendeu a ler, começou imediatamente a ler sobre campos de concentração.

Na parede sobre a cama estavam pendurados vários pequenos quadros e papéis. Ajoelhei-me na cama e li. Eram citações, poemas, pequenos artigos, até receitas de culinária que Hanna anotara ou recortara, como as fotos de jornais e revistas. "A primavera esvoaça pelos ares mais uma vez sua bandeira azul" e "As sombras das nuvens voam pelos campos" — os poemas todos eram cheios de exaltação e nostalgia da natureza, e os quadrinhos mostravam florestas com a luminosidade da primavera, prados coloridos com flores, as folhagens do outono e árvores solitárias, um salgueiro na beira do lago, uma cerejeira com frutas vermelhas maduras, uma castanheira flamejando em tons outonais, amarelos e laranja. Uma foto de jornal mostrava um homem mais velho e um mais novo com ternos escuros, apertando-se as mãos, e no mais novo, que se inclinava diante do mais velho, reconheci o meu rosto. Eu estava fazendo vestibular e recebi, na celebração da formatura, um prêmio dado pelo reitor. Isso aconteceu muito depois que Hanna deixara a cidade. Ela, que não sabia ler, na época tinha entrado em contato com o jornal local em que a foto fora publicada? De qualquer modo, teve de se esforçar para obter informações sobre a foto e receber uma cópia. Será que ela tinha essa cópia durante o processo, ali onde estava? Senti mais uma vez as lágrimas na garganta.

— Ela aprendeu a ler com o senhor. Pegou na biblioteca os livros que o senhor leu em voz alta nas fitas e ia seguindo palavra a palavra, frase a frase, o que ouvia. O gravador não aguentou por muito tempo o ritmo de ligar e desligar, ir para trás e para a frente e sempre quebrava. Precisava ser consertado com frequência e como isso requeria permissão, finalmente fiquei sabendo o que a Sra. Schmitz fazia. A princípio ela não quis dizer, mas quando também começou a escrever e me pediu uma cartilha, não tentou ocultar mais nada. Estava simplesmente orgulhosa por ter sido capaz e queria comunicar sua alegria.

Enquanto ela falava, eu continuava de joelhos, com os olhos nos quadros e nas fotos, lutando para conter as lágrimas. Quando me virei, sentando-me na cama, ela disse:

— Ela tinha tanta esperança de que o senhor escrevesse. Só recebia correspondências suas e quando as correspondências eram distribuídas e ela perguntava "Nenhuma carta para mim?", o que queria dizer com carta não se referia aos pacotes em que as fitas vinham. Por que o senhor nunca escreveu?

Calei-me novamente. Não poderia falar, apenas soluçar e chorar, mais nada.

A diretora foi até a prateleira, pegou uma lata de chá, sentou-se ao meu lado e tirou uma folha dobrada do bolso de sua roupa.

— Ela me deixou uma carta, uma espécie de testamento. Vou ler para o senhor o que lhe diz respeito. — Desdobrou a folha de papel. — Na lata de chá lilás ainda tem dinheiro. Dê para Michael Berg; ele deve dá-lo, assim como os sete mil marcos que estão numa conta do banco, para a filha que sobreviveu com sua mãe ao incêndio. Ela deve decidir o que fazer. E diga-lhe que mando um beijo.

Portanto ela não me deixou nenhuma notícia. Teria querido me magoar? Castigar-me? Ou a sua alma estava tão cansada que só pôde fazer e escrever o estritamente necessário?

— Como ela passou todos esses anos? — Esperei até conseguir falar. — E como ela passou os últimos dias?

— Por muitos anos ela viveu aqui como num convento. Como se tivesse se mudado para cá voluntariamente, como se tivesse se submetido voluntariamente ao sistema do lugar, como se o trabalho muitas vezes monótono fosse uma espécie de meditação. Entre as outras mulheres, em relação às quais ela era amigável, mas com distanciamento, gozava de um prestígio especial. Mais ainda, tinha autoridade, pediam-lhe conselhos quando havia problemas, e, quando intervinha numa briga, o que decidia era aceito. Até que, há alguns anos, desistiu. Sempre cuidou de si, era esbelta apesar de seu corpo forte e sempre foi de uma limpeza meticulosa. Mas então começou a comer demais, a se lavar apenas raramente, ficou gorda e cheirando mal. Não dava a impressão de estar infeliz nem insatisfeita. Na verdade, era como se o retiro no convento não fosse mais suficiente, como se mesmo no convento a vida fosse sociável e barulhenta demais, é como se ela precisasse ir mais fundo em seu retiro, para uma cela solitária em que ninguém mais a visse, onde aparência, roupas e cheiro não tivessem nenhum significado. Não, foi errado dizer que ela desistiu. Ela redefiniu o seu lugar de uma maneira que era certa para si própria, porém não impressionava as outras mulheres.

— E nos últimos dias?

— Estava como sempre.

— Posso vê-la?

Fez que sim, permanecendo todavia sentada.

— Pode o mundo tornar-se tão insuportável para uma pessoa, em anos de solidão, a ponto de ser preferível suicidar-se a sair do convento, sair da vida de eremita de volta para o mundo? — Voltou-se para mim. — A Sra. Schmitz não escreveu o motivo por que se suicidou. E o senhor não diz o que havia entre vocês e que talvez tenha levado ao suicídio da Sra. Schmitz na noite anterior ao dia em que o senhor deveria vir buscá-la. — Ela dobrou de novo a folha de papel, guardou-a, ergueu-se e passou a mão na saia para alisá-la. — Sua morte me comoveu, sabe, e no momento estou furiosa com a Sra. Schmitz e com o senhor. Mas vamos lá.

Foi de novo na frente, desta vez sem dizer nada. Hanna encontrava-se na enfermaria, num pequeno aposento. Só era possível andar entre a parede e a maca. A diretora puxou a coberta.

Uma toalha tinha sido amarrada em torno da cabeça de Hanna, para manter o queixo firme até começarem os ritos fúnebres. O rosto não estava nem especialmente pacífico, nem especialmente agonizante. Parecia rígido e morto. Após olhá-lo por um bom tempo, o rosto vivo surgiu no morto, o jovem no velho. É assim que deve acontecer em casais velhos, pensei; para ela, o homem jovem fica preservado no velho e, para ele, a beleza e o encanto da mulher jovem na velha. Por que eu não tinha visto aquela imagem na semana anterior?

Eu precisava não chorar. Quando a diretora, após um momento, olhou para mim com ar interrogativo, assenti e ela esticou novamente a coberta sobre o rosto de Hanna.

11

O outono chegou antes que eu terminasse de providenciar as instruções de Hanna. A filha morava em Nova York, de modo que aproveitei a ocasião de um encontro em Boston para levar-lhe o dinheiro: um cheque com a quantia da conta no banco e a lata de chá cheia de notas. Escrevera para ela, apresentando-me como historiador do direito e mencionando o processo. Disse que ficaria agradecido se pudesse falar com ela. Convidou-me para um chá.

Peguei o trem de Boston a Nova York. As florestas ostentavam-se em marrom, amarelo, laranja, castanho-avermelhado e vermelho-acastanhado, e no tom de vermelho flamejante, luminoso, dos bordos. As fotos de paisagens outonais na cela de Hanna vieram à minha cabeça. Quando o rolar das rodas e o balanço do vagão me deixaram cansado, sonhei com Hanna e comigo numa casa nas colinas pintadas de outono pelas quais o trem estava passando.

Hanna estava mais velha do que quando a conheci e mais nova do que quando a reencontrei, mais velha do que eu, mais bonita do que antes; ainda mais tranquila em seus movimentos com a idade e sentindo-se mais à vontade em seu corpo. Eu a vi descendo do carro e pegando sacolas de compras nos braços, atravessando o jardim até a casa, pondo as sacolas de compras e subindo a escada na minha frente. A saudade de Hanna tornou-se tão forte que começou a doer. Voltei-me contra a saudade, contrapus a ela o argumento de que passava longe da realidade de Hanna e da minha, a realidade de nossas idades, as situações de nossas vidas. Como é que Hanna, sem falar inglês, viveria nos Estados Unidos? E ela sequer sabia dirigir.

Acordei e soube de novo que Hanna estava morta. Também fiquei sabendo que a saudade fixava-se nela, sem que ela fosse o seu objeto. Era a saudade de voltar para casa.

Em Nova York, a filha morava numa rua pequena nas proximidades do Central Park. A rua era cercada dos dois lados por fileiras de casas velhas, construídas com pedras escuras de arenito, com escadas que conduziam ao primeiro andar feitas com o mesmo tipo de pedras. Isso produzia uma imagem de severidade, casa após casa, as fachadas praticamente iguais, escada atrás de escada, árvores plantadas na calçada em intervalos regulares, com poucas folhas amarelas em galhos finos.

A filha serviu chá em frente a uma janela grande com vista para os pequenos jardins internos das casas, alguns verdes e coloridos, outros apenas amontoados de velharias. Assim que nos sentamos, o chá servido, o açúcar colocado e mexido, ela trocou do inglês em que tinha me cumprimentado para o alemão.

— O que traz o senhor até mim? — perguntou de um modo que não era muito nem pouco amigável; o tom era de extrema objetividade. Tudo nela dava impressão de ser objetivo: comportamento, gestos, roupa. Notavelmente, o seu rosto não tinha idade. É a aparência dos rostos que passaram por uma plástica. Mas neste caso talvez ele tivesse ficado duro por causa dos sofrimentos antigos; tentei inutilmente lembrar seu rosto durante o processo.

Contei sobre a morte e as instruções de Hanna.

— Por que eu?

— Suponho que seja porque a senhora é a única sobrevivente.

— E o que devo fazer com isso?

— O que a senhora considerar significativo.

— E assim dar à Sra. Schmitz a absolvição?

Primeiro eu quis protestar, mas Hanna de fato exigia muito. Os anos de prisão não deviam ser apenas a penitência imposta; Hanna quis dar-lhes um sentido e quis um reconhecimento de seu ato. Foi o que eu disse.

Ela sacudiu a cabeça. Eu não sabia se ela queria, com isso, negar a minha explicação ou recusar o reconhecimento a Hanna.

— Será que a senhora não pode dar o reconhecimento sem a absolvição?

Ela riu.

— O senhor gosta dela, não é? Como foi, na verdade, a relação entre vocês?

Hesitei por um momento.

— Eu lia para ela. Começou quando eu tinha 15 anos e continuou quando ela estava no presídio.

— Como foi que...

— Enviava fitas para ela. A Sra. Schmitz foi analfabeta por toda a vida; aprendeu a ler e a escrever somente na prisão.

— Por que o senhor fez tudo isso?

— Quando eu tinha 15 anos, tivemos um relacionamento.

— O senhor quer dizer que vocês dormiam juntos?

— Sim.

— Como era brutal essa mulher. O senhor se deu conta do fato de ter apenas 15 anos quando... Não, o senhor mesmo está dizendo que voltou a ler quando ela estava na prisão. O senhor se casou?

Fiz que sim.

— E o casamento foi curto e infeliz, o senhor não casou novamente e o filho, se há um, está no colégio interno.

— Isso é o que acontece com milhares de pessoas; não é preciso haver nenhuma Sra. Schmitz.

— Se o senhor teve algum contato com ela nos últimos anos, sentiu algum dia que ela sabia o que fez ao senhor?

Dei de ombros.

— Em todo caso, ela sabia o que tinha feito a outras pessoas, no campo de concentração e na marcha. Não só me disse isso, como também se ocupava do assunto intensivamente nos últimos anos de prisão. — Narrei o que a diretora da instituição me contara.

Ela se levantou e andou de um lado para o outro da sala com passos largos.

— E de quanto dinheiro se trata, afinal?

Fui até o guarda-roupa, onde tinha deixado minha bolsa, e voltei com o cheque e a lata de chá.

— Aqui.

Ela olhou o cheque e colocou-o em cima da mesa. Abriu a lata, esvaziou-a e segurou-a na mão, com os olhos fixos nela.

— Quando criança eu tinha uma lata de chá para meus tesouros. Não era como esta, embora já existisse esse tipo de lata de chá na época, mas uma com letras do alfabeto cirílico; a tampa não era de apertar para dentro, mas de cobrir por fora. Levei-a até para o campo de concentração, lá me roubaram um dia.

— O que continha?

— O que poderia ser? Um cacho de pelo do nosso *poodle*, bilhetes de óperas a que meu pai tinha me levado, um anel, ganhado em algum lugar ou encontrado num pacote; a lata não foi roubada de mim por causa do conteúdo. A própria lata, e o que se podia fazer com ela no campo de concentração, tinha muito mais valor. — Pôs a lata em cima do cheque. — O senhor tem alguma sugestão para o uso do dinheiro? Usá-lo para qualquer coisa que tenha a ver com o Holocausto me pareceria realmente uma absolvição que não posso nem quero partilhar.

— Para analfabetos que queiram aprender a ler e a escrever. Certamente existem organizações, associações, sociedades sem fins lucrativos, para as quais se poderia doar o dinheiro.

— Certamente existem. — Ficou refletindo. — Será que existem associações judaicas correspondentes?

— A senhora pode ter certeza: se existem associações para alguma coisa, também existem associações judaicas para a mesma coisa. Analfabetismo, de todo modo, não é exatamente um problema judeu.

Ela empurrou o cheque e o dinheiro em minha direção.

— Façamos o seguinte. O senhor vai se informar sobre as instituições judaicas importantes que existem aqui ou na Alemanha, e vai depositar o dinheiro na conta da instituição que lhe parecer mais convincente. O senhor pode — riu —, se o reconhecimento for muito importante, depositar o dinheiro em nome de Hanna Schmitz.

Pegou a lata de novo com a mão.

— Eu fico com a lata.

12

Faz dez anos que tudo isso aconteceu. Nos primeiros anos após a morte de Hanna perturbaram-me as velhas perguntas: se eu a reneguei e traí, se permaneci culpado em relação a ela, se me tornei culpado por amá-la, se e como deveria me libertar dela. Às vezes me perguntava se era responsável por sua morte. E às vezes ficava com raiva dela e do que tinha feito comigo. Até que a raiva perdeu a força, e as perguntas, a importância. O que fiz ou deixei de fazer, o que ela fez comigo — isso tornou-se simplesmente o desenrolar da minha vida.

A intenção de escrever minha história com Hanna nasceu logo após sua morte. Desde então a nossa história se escreveu várias vezes em minha cabeça, sempre um pouco diferente, sempre com novas imagens, novos retalhos de atitudes e pensamentos. Assim, ao lado da versão que escrevi há muitas outras. A garantia de que a história escrita é a certa está no fato de eu tê-la escrito e de não ter escrito as outras versões. A versão escrita quis ser escrita, as muitas outras não o quiseram.

Primeiro quis escrever nossa história para livrar-me dela. Mas para esse objetivo as lembranças não vieram. Então notei como a nossa história estava escapando de mim e quis recolhê-la de novo por meio do trabalho de escrever, mas isso também não destravou as memórias. Há alguns anos deixo nossa história em paz. Fiz as pazes com ela. E ela retornou, detalhe após detalhe, de uma maneira redonda, fechada e direcionada que já não me deixa triste. Que história triste, pensei durante muito tempo. Não que eu pense agora que ela é feliz. Mas penso que é verdadeira e, diante disso, perguntar se é triste ou feliz é algo que não faz sentido.

De todo modo, é o que penso quando acontece de pensar nela. Entretanto, quando sou magoado, as mágoas experimentadas naquela época vêm à tona, quando me sinto culpado é o sentimento de culpa de então, e na saudade e nostalgia atuais experimento a saudade e a nostalgia sentidas naquela época. As camadas tectônicas de nossa vida descansam tão apertadas umas sobre as outras, que sempre encontramos o fato anterior no posterior, não como algo completo e realizado, mas como algo presente e vivo. Entendo isso. Todavia às vezes acho difícil de suportar. Talvez eu tenha escrito a nossa história porque queria mesmo me ver livre dela, ainda que isso não seja possível.

Doei o dinheiro de Hanna, em seu nome, para a Jewish League Against Illiteracy, imediatamente após a volta de Nova York. Recebi uma carta breve, escrita em computador, na qual a Jewish League agradece a Sra. Hanna Schmitz por sua doação. Com a carta na bolsa, fui até o cemitério visitar o túmulo de Hanna. Foi a primeira e única vez que estive lá.

Este livro foi composto na tipografia
Minion Pro Regular, em corpo 11,5/16, e impresso em
papel off-white no Sistema Digital Instant Duplex
da Divisão Gráfica da Distribuidora Record.